KB124337

“

우리는
대한민국
청년
입니다

”

서장미

정태진

이혜영

김현주

MADE MIND

우리는 대한민국 청년입니다

초판 1쇄 인쇄 | 2024년 9월 15일
발행 1쇄 발행 | 2024년 9월 20일

지은이 | 서장미 정태진 이혜영 **기획** | 김현주
펴낸이 | 최성준

책임편집 | 나비 **교정교열** | 김현주 **전자책 제작** | 모카 **종이책 제작** | 갑우문화사
펴낸곳 | 나비소리(nabisori) 출판사 **주소** | 수원시 팔달구 효원로 249번길 46-15
등록번호 | 제2021-000063호 **등록일자** | 2021년 12월 20일

나비소리 출판사
생각하는 것을 행동으로 옮기지 않으면 상상이며, 망상에 불과합니다.
이러한 가치관을 가지고 있는 우리는 작가의 마음을 짓는 책을 만듭니다.

상점| www.nabisori.shop. **살롱**| blog.naver.com/nabisorisalon
원고투고 | nabi_sori@daum.net, mysetfree@naver.com

나비소리는 작가분들의 소중한 원고를 기다리고 있습니다.

메이드마인드는 나비소리 출판사의 임프린트 브랜드입니다.
책 값은 뒤표지에 있습니다. 파본은 구입처에서 교환해 드립니다.

ISBN | 979-11-92624-76-1(03810)

nabisori

Prologue

출간 계약을 위해 미팅하던 날, 출판사 대표님은 수원에서 제가 일하는 홍대까지, 한 시간 반을 와 주셨습니다. 그 수고를 알기에 울산에서 서울까지 운전한 후, 세 시간짜리 커리큘럼을 진행하고도 약속을 잡았습니다. 커리큘럼을 끝내고 숨을 돌리면서 대표님께서 보내준 카페를 검색해 보았습니다. 제가 있는 곳의 바로 맞은편 건물 1층, 70m 떨어져 있었어요. 새벽 6시 일어나 준비하고 바로 운전대를 잡았고, 세 시간 동안 몰입한 상태라 꽤 지쳤었는데, 그 배려에 새벽부터 짓누르던 긴장감이 한 번에 내려앉는 기분이었습니다. 이런 분과 꼭 함께 일하고 싶다는 생각이 들었구요.

우리는 창가에 자리를 잡고 청년에 대한 이야기, 출간에 대한 진지한 이야기를 이어 갔습니다. 대표님 뒤에는 보조 의자가 있었는데요. 깡마른 이십 대 여성이 다가와 아주 공손하고 조심스러운 말투로 말했습니다.

"죄송한데 저기 의자 좀 가져갈게요."

대표님은 벌떡 일어나 의자를 들어 건넸습니다.

"여기 앉으면 이런 일 해야죠. 하하."

저는 이렇게 일상에 숨겨져 있는, 기록되지 않으면 사라져버리고 말 따뜻하고 소소한 감정들을 글로 남기고 싶습니다.

"요즘 청년들 참 성실하게 살지 않아요?"

하고 제가 운을 떼면 대부분 그렇지 못한 표정을 짓습니다. 눈만 높고 힘든 일을 하지 않으려 하고 이기적이지 않냐는 표정입니다. 아마 '요즘 청년들 너무 안됐지 않아요?' 혹은 '요즘 청년들은 답이 없어.' 같은 말이 더 당연한지도 모르죠. 그런데 그들의 입장에서 생각해 보면 직업에 눈이 높은 이유는 사는 데 돈이 너무 많이 필요해서고, 이기적인 건 남까지 챙기기 버거운 세상이라는 뜻이기도 하잖아요. 사실 청년들, 당사자도 '제가 성실하게 잘살고 있다고요?' 하고 반문합니다. 인간관계, 연애, 결혼, 그리고 돈. 무엇하나 내세울 게 없는데 잘살고 있다뇨.

눈앞에 놓인 선택지는 너무 많고 광고와 진실은 헷갈리고, 무엇을 선택해야 할지 몰라 불안하고, 쫓기는 와중에 나를 앞서 가는 사람이 선명하게 보이니 너무도 쉽게 비교되잖아요. 가만히 있으면 마치 '잘못' 살고 있는 것 같다는 생각이 드는 건, 그 누구의 '잘못'이나 '문제'가 아니라고 저는 생각합니다. 너의 최상과 나의 최악을 비교하면서 자신감 갖고 산다는 거, 정말 너무 어렵습니다. 그러함에도 먹고 살 궁리를 하고 이력서를 쓰고, 출근하고 퇴근하고, 아끼고 저축하면서, 자신의 삶을 차근차근 살아내면 성실한 거 아닌가요. 남들처럼 살면서 추억을 쌓고 사랑하며 사는 게 평범한 거 잖아요. 더 대단한 게 있어야 하나요.

청년의 날 토크 콘서트를 기획하고 진행한 적이 있었습니다. 청년들의 고민을 듣고 작가인 제가 인생의 선배로서 조언해 주는 컨셉으로 진행되었습니다. 대본을 짜기 위해 사전에 청년들을 만나 인터뷰했습니다. 그리고 많이 놀랐어요. 걱정 많고 고민 많고, 많은 것을 포기하며 살고 있을 거라 생각했는데, 각자의 계획이 있고 나름의 해답이 있으며 그 해답을 위해서 부지런히 살아가고 있었거든요. 굳이 좋은 어른이 나타나서 문제점

지적이나 해결책을 줄 필요가 없었습니다. 공감과 위로 없이도 현실에 맞서서 넘어졌다 일어났다를 스스로 '잘' 반복하고 있더라구요. 산다는 게 넘어지기만 하면 문제가 되지만, 넘어졌다 다시 일어날 수 있으면 어디서든 잘 굴러다닐 수 있으니까요. '잘' 사는 거 별건가요. 둥글게 둥글게 굴러다니면서 다양한 사람들 만나고 꿈을 찾고 이루고, 그러다 보면 어느 순간 행복해질 수 있죠.

공부가 쉽고 과학이 제일 재밌다는 청년은 돈보다 삶이 중요하다며 워라밸의 중요성을 말했고, 빨리 결혼하고 아이를 낳아 가정을 이루고 싶다는 청년은 엄마도 꿈이 될 수 있다고, 빨리 결혼해서 행복한 가정을 이루고 싶다고 당당하게 말했습니다. 흔히 인생은 정답이 없다는 말을 많이 하는데, 이미 통상적인 정답은 자신의 인생에 맞지 않다는 걸 몸소 깨우치고 대책을 마련하여 잘살고 있었습니다. 그 과정을 정답이 없다는 말로 대신하며 자신의 꿈을 말할 때 진정으로 행복해 보였어요. 물론 고민도 하고 걱정도 있었습니다. 취업 걱정, 잘할 수 있을지 걱정, 친구와 사랑에 대한 고민은 끝이 없겠죠. 그건 꺾이지 않기 위한 흔들림일 뿐이지 않을까 생각하며 혼자 조용히 응원했습니다. 아, 토크 콘서트는 청년들의 목소리에 집중하는 것으로 마무리했어요. 청년들은 꿈과 고민을 나누고, 스스로 찾은 해답을 말하고 그 해답이 맞는지 찾아보겠다고 다짐했습니다. 저는 질문과 진행만하구요. 뭐, 더 편했다는 뜻이기도 합니다. 그들은 좋은 어른도, 조언도 아닌, 그저 조용한 응원, 아니 응원 없이도 자신만의 방식대로 살고 있었습니다.

따뜻하게 무관심 해주는 게 가장 필요하지 않을까 하는 생각을 해봅니다. 성공했는지 실패했는지, 행복한지 불행한지, 잘 살고 있는지 못살고 있는지, 결과를 평가하지 않고 바라보면 모두 성실하게 나름의 과정을 잘 살아내고 있습니다. 삶은 삶 자체로 소중하잖아요. 성공하지 않아도, 행복하지 않아도, 잘 산다는 확신이 없더라도 삶의 과정을 그 자체로 아껴주었으면 좋겠습니다.

이 책은 작가가 쓴 글이 아닙니다. 청년들의 이야기입니다. 이야기를 듣는 심정으로 찬찬히 살펴 주셨으면 하는 바람을 남겨봅니다.

작가 김현주

Korean Youth Day

버티고 보니 지금이야

서 장 미

인생, 그거 참 쓰더라고요

정 태 진

Korean Youth Day

내 꿈은 게으른 사람

이 혜 영

Korean Youth Day

Epilogue

김 현 주

대한민국 똑같은 청년 서 장 미

버티고 보니 지금이야

미혼인 내 친구를 보고 "아가씨~"
두 살 터울 우리 언니를 보고 "이모!"
아기와 함께 가는 나를 보곤 "저기 아줌마!"
어느 순간 아줌마로 불리게 되었지만
저 역시도 평범한 청년입니다.

시들어 빠진 장미 한 송이, 아홉수 때문일까?

스물아홉, 나도 한땐 드라마에서 본 듯한, 반듯한 사원증을 목에 건 세련된 회사원을 꿈꿨었지. 별로 어려운 일 아니잖아. 그냥 평범한 모습이잖아.

하지만 알록달록한 사람들 속에 섞이고 싶었던 표정 없는 회색 인간. 그게 나였다. 아홉수 때문일 거다. 그렇게라도 핑계를 찾아야 겨우 조금, 안심할 수 있었다. 회사에서 소속된 면세팀에선 업무도 많고, 같이 일하는 선배는 스마트폰 게임을 하면서 자신의 업무를 떠넘기기 일쑤였다. 업무만 떠넘길 뿐이게? 그 사람은 길드가 어쩌고, 길마가 저쩌고 하는 이야기도 다 호응해 주길 원했던 선배였다. 정신적으로도 육체적으로도 피로가 마구 쌓였던 이놈의 회사는 퇴근하고도 연락이 오고 휴일에도 원격으로 일을 시켰다. 밤 11시에도, 새벽 4시에도 연락이 왔다. 그렇게 몇 년을 일하다 보니 어느 샌가 칙칙한 회사원이 되어 있었다.

인간관계도 문제였다. 친하게 지냈던 오랜 친구와 손절했다. 친하게 지냈다는 것도 나만의 생각이었는지 모른다. 나는 그 친구가 필요할 때만 찾는 사람 중의 하나였다. 먼저 연락을 하지 않으니 그 친구도 연락이 오지 않았다. 연애 또한 해가 갈수록 재미없고 지루했다. 점점 사람을 만나는 것에 에너지를 내지 못했다. 매일매일 풀리지 않는 일들만 뭉쳐져 있었다. 되는 일은 없어 우울해지던 찰나, 보이지 않는 길이라도 기대어 보고자 사주를 보러 갔다.

하루하루 나를 갉아먹고 있다고 생각했던 회사 생활을 물어봤는데 이직하지 말고 딱 붙어있으라고 했다. 지금 이직한다면 현재 회사보다 더 못한 곳으로 갈 수도 있다고 한다. 칙칙해진 얼굴을 보고도 그런 말을 하다니 심히 절망스러웠다. 첫 번째 질문의 답을 들은 후부터 활활 타오르던 질문의 의지가 재가 되어 사라졌다. 다른 이야기들은 흘려듣고 연애에 관해 질문했다. 마지막 희망의 불씨였다. 뭐 하나라도 인생에 재미가 있어야 하지 않은가. 한참을 뜸을 들이더니, 대뜸 연애는 계속할 텐데 서른하나에 결혼 운이 있다고 했다. 그게 언제부터 하는 연애가 이어져 결혼하게 될지는 알 수 없지만 서른하나에 결혼 운은 확,실,하,단,다.

아무래도 돌팔이 같다. '확실' 이라는 단어에 믿음이 안 가는 때도 있구나, 확실이라는 단어에 고개를 45도로 천천히 꺾으면서 떨떠름하게 오만원을 내고 나왔다. 돌팔이도 돈은 받는다. 그래, 세상은 이런 곳이지. 어쨌든, 그 돌팔이가 처음이자 마지막 사주 경험이었다.

그해 가을, 친언니의 권유로 병원에 다녔다. 시들어 버릴 대로 시들어져 새까매진 마음이 나쁜 생각을 많이 했다. 인간관계도 포기, 연애도 포기, 지금의 삶과 미래도 포기하고 싶었다. 그런 마음들로 낮엔 그래도 어떻게든 버티는데 밤엔 잠에 들지 못했다. 어스름한 새벽빛을 보고 잠들거나, 울컥하는 마음에 울다 지쳐 겨우 자거나. 그런 날들이 반복적이었다. 백발 할아버지였던 의사 선생님께서는 동화책에 나올법한 온자한 미소로 맞아 주셨다. 그 미소 때문이었을까, 이상하게 마음이 편했다. 횡설수설 나오는 이야기를 묵묵히 들으시곤 약을 처방해 주셨다.

처방을 받은 약들은 때때로 나를 더 힘들게 했다. 어느 날은 약의 부작용으로 손이 떨려 글쓰기의 어려움이 있었다. 회사에서 회의 중에도 손 떠는 모습을 누가 볼까봐 메모를 책상 아래에 내려서 했다. 어느 날은 운전 중에 바다가 보이면 그대로 바다에 돌진하고 싶다는 충동도 있었고 유서를 길게 썼다가, 짧게 썼다가를 반복한 적도 있었다. 모두가 즐거운 날, 껍데기만 대충 웃는 사람으로 지내며 하루하루를 그냥 흘려보냈다. 숨도 쉬는 둥 마는 둥, 사는 둥 마는 둥 침대에만 누워 있으니 언니는 필라테스를 권했다. 누워만 있고 싶은데 운동이라니, 너무 질색했지만, 다시 나에게 생기가 생기길 바라는 언니의 마음이 보였다. 돌이켜보면 언니는 그때 날 살린 생명의 은인이었다.

몸의 움직임에 천천히 힘이 생겼다. 마지못해 다녔던 필라테스는 점점 일주일 중에 제일 즐거운 시간이 되었다. 운동을 하며 예전엔 뭘 좋아했었는지 생각해 봤지만, 아무것도 떠오르지 않았다. 그래도 생각했다. 생각하고 또 했다. 할 수 있는 건 그거뿐이었으니까, 좋아하는 것 찾기 그게 지푸라기가 되어 주었다. 고개를 앞으로 숙이며 생각해 보니 독서도 좋아하고, 허리를 뒤로 젖히며 생각해 보니 글을 쓰는 것도 좋아하는 사람이었다. 생각나자마자 검색해서 글을 쓰는 모임을 찾아 가입했다. 어디서 그런 용기와 행동이 나왔는지 모르겠지만 바로 움직이지 않고 또 침대에 그냥 누워버린다면 계속해서 우울감에 빠져 헤어 나오지 못하는 사람이 되어 버릴까 봐 그게 더 무서웠다. 빠르게 가입하고 가입 인사도 했다. 이런 인사, 내 이름을 쓰는 인사, 모든 게 너무 오랜만이었고 아주 작은 완두콩만 한 설렘도 느껴졌다. 조금 둘러보니 곧 열리는 정모가 있었다. 이 용기를 그대로 밀어붙여 참석까지 눌렀다. 모임에 참석해야 하는 당일엔 새로운 시도를 하려 했던 용기를 후회하기도 했지만, 나도 몰랐던 이 우울함에서 빠져나가고 싶다는 마음, 인생을 완전히 포기하고 싶지는 않다는 마음이 조금 더 움직여 주었다. 나를 포기하지 않으려고 스스로, 최선을 다해 생각해 낸 방법이니까.

참석한 글 모임은 왜 글을 쓰는 것을 좋아했었는지 다시 한번 일깨워 주는 시간이 되었다. 처음 보는 사람들과의 어색한 공간에서 서로 쓴 글을 공유하고 피드백을 해줄 때 그 긴장감과 두근거림이 좋았다. 무표정한 얼굴로 지내는 일주일 중에 필라테스와 글 모임에서 생기가 돌았다. 물론 그 시간이 끝나고 인사를 하고 돌아서면 신데렐라의 열두 시 마법이 풀린 것처럼 다시 시들해졌지만, 잠시나마 피어나는 시간이 있어서 그거면 충분했다.

글 모임에는 나와 같은 스물아홉인 사람들이 여럿 있었다. 마음이나 생각의 결은 제각각 달랐던 스물 아홉들은 항상 밝은 표정이었다.

'어떻게 힘든 이야기를 하면서 웃을 수 있지? 도대체 왜 즐거워 보이지?'

어떤 삶을 살길래 매번 밝은 표정과 긍정적인 에너지로 모임에 나오는 것인지 그 표정이, 그 여유가, 그리고 평범함이 부러웠다. 나와는 매우 다른 삶을 사는 것 같아서 그들을 보며 혼자 괜스레 더 우울을 파기도 했었다.

어느 날, 글 모임 대표의 퇴사를 축하하기 위해 퇴사 파티를 했다. 파티에서 옆자리에 동갑인 밝은 얼굴 청년과 대화하게 되었다. 내가 즐겨보는 웹툰을 추천해 주었는데 그걸 계기로 자주 연락을 주고받게 되었다. 분명 할 말이 많지도 않은데 이상했다. 대화가 끊이질 않았다. 대화의 주도는 연태가 하였다. 이 친구가 수다쟁이인 것은 익히 알고 있었지만 이렇게 말이 많은 사람인지, 어떻게 끊임없이 하고자 하는 말이 있는지 새삼 놀라웠다. 말수가 적은 나는, 그와 전화 통화를 한 시간도 넘게 하는 일을 해내곤 지쳐 잠들기도 했었다. 둘이 따로 만나 글쓰기도 하고 밥도 먹고 커피도 마시면서 친해질수록 이따금 불안해졌다.

'이렇게 괜찮은 사람이 나에게 다가와도 되는 걸까?'

진지하게 만나고 싶다고 말하는 그의 말에 솔직하게 털어놨다. 현재 우울증약을 복용 중인 정도로 마음이 매우 불안한 사람이라서 너와 연인으로 발전할 수 없다고 했다. 지금 하하 호호 웃고 있어도 이 모습이 내 모습이 아니라고. 그러나 그는 괜찮다고 한다. 그냥 다 괜찮다고 말했다. 괜찮다고 말하는 그의 눈과 표정에서 말로 설명하기 어려운 안심과 확신이 보였다. 그의 밝음을 닮고 싶어졌고 든든해 보이는 어깨에 기대고 싶다는 충동이 마구 일어났다. 에라 모르겠다. 그에게 살짝 고개를 숙이며 "잘 부탁드립니다."라고 말했다. 삼십 대가 된 후 첫 연애가 시작되었다. 그날은 2020년 02월 02일의 저녁이었다.

호감이 없는데 사귈 수 있다고?

물론 가능하지. 호감 없이 재미 삼아 시작한 연애도 있으니까. 그런 상대여도 연애는 시작할 수 있지만 사랑은 다르다고 생각한다. 내가 생각하는 사랑이란 믿음과 신뢰다. 상대가 멀리 있어도 마음이 외롭지 않아야 한다. 따뜻한 마음을 내보였을 때 내가 춥지 않아야 하고 물론 그 사람도 따뜻해야 한다. 서로가 배려하고 있음을 말하지 않아도 알 수 있어야 한다. 그러나 연애하면서 그런 사랑을 하는 것은 정말 어려웠다.

영화나 드라마에서 나오는 사랑은 잘 모르겠다. 영상 속의 이야기는 마음이 마구 설레지만, 현실에서 나는 촬영장을 구경하는 시민1일 뿐이니 말이다. 영화나 드라마에서 사랑이 시작하는 '하여튼 희한해' 라거나 '아무튼 특이해' 같은 대사는 없었지만, 이번엔 평범하게, 그리고 조용하게 잡은 손처럼 연애는 시작되었다.

운이 좋아 사랑이 함께 해줄지 모르겠지만.

비혼인데요, 어쩌다 결혼주의보

사랑에 빠져 허우적대는 그럴 나이도 지났고 체력은 더더욱 없었다.

그러나 이게 무슨 일이야! 그럼에도 아주 사랑에 빠져 허우적거렸다. 오랜만에 고등학생 때의 첫사랑처럼 설레었고 그와의 데이트가 기다려졌다. 함께 있는 시간이든 혼자 있는 시간이든 모든 시간이 외롭지 않았고 우울함도 적었다. 출장을 가서도 밤늦게까지 연락이 왔고 자고 일어난 아침에도 항상 먼저 연락이 와 있었다. 손가락 하트를 한 셀카를 보내주기도 하며 멀리 있어도 항상 함께 있는 기분이었다. 그런 그의 행동들과 마음이 차곡차곡 신뢰를 쌓아주었다. 쌓인 신뢰가 단단해지면서 나는 조금씩 변해갔었다. 그의 긍정이 옮았는지 매번 처방받던 약도 조금씩 줄어갔고 복약명세서도 두 장에서 한 장으로 바뀌었다. 변해 가는 모습은 다른 사람들이 알아차릴 정도였다. 그놈의 회사에서 그놈의 상사와 일하는 것은 여전했지만 일을 할 때도 입꼬리는 올라가 있었다. 회사 사람들도 그와의 연애가 재미있냐고 질문을 했다. 동료들은 신기하다는 표정으로, 그가 어떤 사람이냐고 물었다.

그는 술, 담배는 하지 않는 사람이었다. 술을 즐기는 나와는 반대로 맥주 한 캔도 마시지 못했다.

'그럼 뭐 하고 놀지? 재미없는 사람 아냐?'

술을 마시지도, 흡연하지도 않지만, 본인은 정말 재미없는 하루가 없다는 것이다. 무작정 꿀렁꿀렁 댄스를 추는가 하면 언제 연습한 건지 아이돌의 안무를 멋지게 소화하고 개그감 또한 빠지지 않았다. 그는 나만을 위한 연예인이었다. 덕분에 함께 있는 나도 자주 웃을 수 있었던 것 같다. 더욱이 나를 혼자 두지 않았다. 그는 토요일엔 출근하지 않지만, 나는 토요일도 회사에 격주로 출근했다. 출근하는 토요일이면 어김없이 출퇴근을 시켜주었다. 혹시 귀찮지 않을까 걱정되어서 그냥 쉬라고 말했더니 그게 즐거움이라 했다. 마음은 고마웠지만 솔직히 어떻게 이 귀찮음이 즐거움인지 머리론 이해가 되지 않았다.

그게 주말 아침마다 오는 길에 방앗간처럼 꼭 들렸던 맥도날드에서 맥모닝을 먹기 위함이었던 것은 아주 나중에 알게 되었다. 요런 아주 귀엽고 (내 눈에만) 부지런하고 (연애 때만) 잘생긴 (지극히 내 취향이었음) 그는 내 주변 수다쟁이 TOP3 안에 드는 엄청난 수다쟁이였다. 어느 날, 뜨거운 뚝배기 음식을 먹을 때였다. 뜨거운 음식을 빨리 식히는 방법을 알려주겠다고 했다. 또 말이 길어질 듯 해서 듣지 않겠다고 하니 금방 시무룩해지길래 할 수 없이 들어보겠다 했다. 신이 나선 어릴 때 스펀지 애청자였다면서 거기서 뜨거운 국을 후후 불어서 식힐 때 숟가락으로 W모양을 그리면서 식히는 게 제일 좋은 방법이라며 밥을 먹는 내내 스펀지에 나왔던 실험 방식을 듣게 되었다. 또 어느 날엔 같이 차를 타고 가는데 마침 선거철이었다. 비례대표제에 관한 궁금함이 생겨 찾아보게 되었다고 했다. 또 설명이 길어질 느낌이었다.

그렇게 한참을 설명하던 그가 운전하는 차는 길을 잘못 들었다. 운전할 때 말이 길어지면 길을 잘못 들기도 하는 게 벌써 여러 번이었다. 토요일 출근길엔 아침부터 뭐가 그리 할 말이 많은지 두 번이나 길을 잘못 들고 점점 내 표정이 안 좋아지는데도 늦지 않게 도착했다며 너스레 떠는 모습은 가끔 보면 너무 얄밉기도 하다. 오죽하면 시부모님 처음 뵈었을 때 아버님의 첫 말씀이

"말 많아서 힘들지는 않고?"

강씨 집안에 이렇게 말 많은 남자는 없다고 하셨다. 또한 그의 친구들을 처음 만났을 때는 하나같이 내 귀에서 피가 나지는 않는지 걱정을 쏟아냈다. 이 사람과 연애하면서 한 번도 싸우지 않을지도 모르겠다는 생각을 한 적 있다. 그러나 과거의 나는 정말 그에 대해서 아무것도 모르는 사람이었다. 수다쟁이면서도 말싸움은 엄청난 파이터였고 화나거나 싸우면 입을 다물어버리는 나완 반대로 엄청나게 쏘아댔다. 처음 다툼이 있었을 땐 화나서 아무 말을 하지 않은 게 아니라 그의 끝없는 속사포에 당황해서 말을 못했을 정도였다. 지나고 나면 별거 아니고 왜 다투었는지도 기억나지 않는 게 연애의 소소한 다툼인데, 다툰 내용은 기억나지 않지만 말로 언어맞은 기분이 들었던 것은 잊지 못한다. 그는 나를 매우 아끼고 사랑해 주며, 우울해지지 않

도록 잘 보듬어 주는 사람이다. 동시에 싸움에 있어서는 아주 가차 없는 사람이다. 두 사람 같지만 한 사람인 게 신기할 따름인 이 불같은 싸움꾼은 화해도 아주 빠르다. 자기 잘못은 인정하고 사과하며 상대의 어떤 점 때문에 기분이 상했고 앞으로는 이러지 말자고 얘기하는 바람직한 사람이었다. 싸울 때도 화해할 때도 정말 찍소리할 수가 없다.

어느 날, 친하게 지내던 친구들과 카페에서 만나 대화하던 중에 친구가 물었다. 지금 사귀는 사람 어떠냐고. 그와 연애한 지 3개월 정도 되었을 무렵이었다. 그 순간 나는 아웃사이더에 빙의 한 래퍼였다. 대답이 머릿속을 통과하지도 않고 의식의 흐름대로 빠르게 나왔다.

"결혼할 사람을 만난 것 같아. 이 남자랑 하면 행복할 것 같아. 조금은 덜 우울할 것 같고 조금은 더 잘 잘 수 있을 것 같아. 출장을 가도 지금 옆에 있는 것처럼 외롭지 않았고 그냥 꾸준히 계속 함께 있고 싶다는 생각이 들어. 같이 지내면서 자존감도 많이 올라갔고 사랑한다는 걸 항상 느끼게 해줘서 매일 목소리를 듣고 대화하고 싶어. 그래서 결혼하고 싶어. 이 사람이랑."

나에게 결혼이란 어렵고 큰 산 같은 결심이었다. 이십 대 때 2년 정도 연애한 사람의 바람으로 힘들었던 과거가 있다. 누구를 만나도 버려질 거란 상처의 흔적은 오랫동안 괴롭혔다. 그 후 연애는 해도 평생을 함께하는 결혼은 무리라는 생각이 들었고 비혼도 염두에 두었다. 솔직히 자신 없었다. 연애와 다르게 결혼이란 말을 들으면 갑자기 상대방이 의심부터 되었다. '언제 버리고 떠날지 모른다.' 거나 '이렇게 웃고 지내도 다른 사람이 있을지도 모른다.' 같은 생각이 나를 좀 먹었다. 점점 집착도 하게 되고 쉽게 지쳐서 에너지를 소비하는 연애도 하기 싫어졌었다. 단지, 과거의 상처만으로 비혼을 고민한 건 아니지만.

어린 시절, 넉넉한 형편은 아니었다. 게다가 우리는 다섯 남매가 있는 집, 부모님은 맞벌이하시며 매일 돈 걱정을 하셨다. 돈 걱정에서 비롯된 부모님의 다툼을 많이 보며 자랐다. 서로가 사랑해서 결혼하고 아이를 낳고 가정을 책임지기 위해 열심히 사는데, 그 책임을 다하기 위해 싸우는 모습을 계속 보니 '부부란 저런 것일까? 저렇게 자주 다투는데 어떻게 늙고 노인이 될 때까지 같이 살아갈 수 있을까?' 하는 생각을 했었다. 만약 어릴 적부터 보아 온 부모님의 모습이 금슬이 아주 좋고 배려가 있으며 다정한 말을 건네는 분들이었다면 그때 생각은 달라졌을지도 모른다. 과거의 부모님을 탓하는 것은 아니지만 그런 모습을 보고 자라 결혼에 대한 긍정적인 마음보다는 부정적인 마음이 더 컸다.

그럼에도 불구하고 결혼을 결심하며 생각했다. 미래에 돈 때문이든 다른 것 때문이든 무엇으로 다툰다면 이 사람이랑 하고 싶다는 생각. 우리에게 만약 아기가 생긴다면 이 사람의 눈을 닮았으면 좋겠다는 생각. 잠을 못 자고 슬퍼하며 침대에 앉아 어스름한 새벽을 보더라도 옆에서 자는 사람이 이 사람이었으면 좋겠다는 생각. 훗날에 같이 산책한다면 이 사람의 주름진 손을 잡고 함께 걷고 싶다는 생각. 그런 모든 생각들이 '결혼해도 되겠다'로 이끌었다. 그리고 결심했다. 내가 프러포즈를 먼저 하기로.

프러포즈나 결혼에 대한 로망이 없었다. 누가 하는지는 중요하지 않았다. 혹시나 그에게는 프러포즈에 대한 로망이 있었을지도 모르겠다. 고민하던 찰나 그의 생일이 다가와서 생일에 맞춰 준비하기로 했다. 서른 살의 생일에는 역시 달걀 한 판 이벤트가 제격이었다. 그땐 이게 제법 로맨틱해 보였다. 달걀 한

판 안에 번호를 적어 짧은 쪽지를 하나씩 적어 넣었다. 마지막 쪽지에는 나랑 결혼하자는 멋진 멘트가 있었다. 말만 번지르르하고 반지도 없고 준비성이 부족한 이벤트에도 마지막 쪽지에 눈물을 흘려준 이 남자는 고맙다며 너무 좋다고 대답해 주었다. 달걀 한 판에는 소정의 생일 용돈도 들어있었다. 나중에 생일 용돈으로 내 선물을 사 온 이 착한 남자는 곧 완전히 내 남자가 된다.

돌팔이인 줄 알았던 스물아홉에 본 사주가 들어맞았다. 그와 나는 서른 한 살에 결혼식을 올리기로 마주 보며 평생을 약속했다. 그날은 2020년 05월 13일의 저녁이었다.

결혼이란 미친 장벽

"연애는 필수~ 결혼은 선택~ 가슴이 뛰는 대로 하면 돼~" 아모르파티 노래를 들었을 때 너무 가슴에 와닿은 부분이었다. 아무리 하루하루 살아가는 날들이 힘들고 벅차더라도, 이것도 저것도 포기하는 시대라고 하더라도 사람을 만나서 사랑하고 사랑받는 그 행복은 포기하지 않았으면 좋겠다. '망했어! 다 망했어! 오늘 망했어!' 외치게 되는 날에도 저녁에 좋아하는 사람을 만나고 집에 돌아오면 '뭐 까짓거, 이만하면 조금은 덜 망했지.' 싶기도 하더라.

이 남자는 예민한 나를 조금은 단순하게 만들어 준다. 어찌 보면 장미를 길들이는 방법을 미리 아는 사람인 양, 순한 양으로 변화시킨다. 그런 소소한 행복과 작은 즐거움에도 웃게 되는 내 모습이 낯설지만 좋았다. 나뿐만 아니라 다른 이들도 하루의 마무리는 사랑하는 사람을 만나 가볍게 어묵탕에 소주 한잔하며 '그래, 까짓거. 오늘 덜 망했다!' 외칠 수 있으면 좋겠다. 연애가 거창한 것은 아니다. 물론 그 사람의 직업, 나이, 외모 등을 따지지 않고 연애를 하는 사람은 없다지만 사람 인연 어떻게 될지 모르는데 하나하나 재고 따지는 건 밑 빠진 독에 아까운 시간 붓기일 뿐.

지금의 남편을 만나기 전에 이성의 외모는 보지 않았다. 물론 원래도 눈은 높지 않았다. 키? 나랑 눈높이가 맞더라도 상관없었다. 그저 누군가의 친절이나 서비스를 받았을 때 자연스레 나오는 감사 인사와 예의 갖춘 행동 정도만 있으면 된다고 생각했다. 직업? 돈? 법 지키면서 등 따숩고 배부르면 되지 뭔 상관? 둘이 아껴 쓰고 성실하게 살면 그게 최고지. 비록 아르바이트한다고 해도 아무렇지 않았다. 그렇게 재고 따지지 않고 편하게 만난 상대가 지금의 남편이었다. 우린 취미가 같고 대화가 잘 통했다. 영화를 보고 감동하는 부분이나 웃음 타이밍도 비슷했다. 동시에 웃는다는 게 이렇게 사람의 삶을 바꿀 일이야? 이 사람을 알아갈수록, 통통이 남편이 잘생겨 보였고 어디 하나 구석

구석 모난 곳 없이 마음에 들었다. (제대로 콩깍지가 씌었다, 내 눈.)

처음부터 이것저것 빡빡하게 굴 필요 뭐가 있을까. 백 세 시대인 만큼 여유를 가지고 간질간질한 사랑의 감정을 모두 누렸으면 좋겠다. 그게 얼마나 재미있고 좋은 건데! 남의 연애 이야기나 남의 썸 이야기가 더 재밌다지만 다른 사람 연애 듣고 보는 거 그만하고! 본인도 재미있게 썸 타고, (아이콘의 '사랑을 했다' 노래 가사처럼) 갈비뼈 사이가 찌릿찌릿한 느낌 좀 받으면 매일이 즐거울걸?

과거에는 지인에게 소개팅을 잘 해주지 않았다. 그 인연이 불발되면 괜히 미안하고 마음 한구석이 불편했다. 그러나 이젠 좋은 사람이 보이면 혼자인 친구에게 소개 받아보겠냐고 항상 물어본다. 물론 친구는 지금도 이쁘고 내년도 이쁘겠지만 현재에 좋은 사람 만나서 사랑 받고 사랑을 주는 행복한 연애를 했으면 좋겠다고 생각하기에.

그러다가, 어느 날엔가 만나는 사람과 약속 시간을 잡지 않고도 매일 만나고 싶고 데이트 후에 같은 집에 들어가 오늘 하루를 도란도란 이야기하다가 밤에 잠들고 싶은 그런 마음이 생기면 그때 결혼을 고민해 봐도 되는 일이다. 오래 걸리는 건 당연하다. 절대 늦은 것도 아니고, 뒤처지는 것도 아니다. 결혼이 필수가 아니라 신중함이 필수라는 것. 마음 가볍게 먹어도 좋다.

사랑하는 사람과 함께 사는 것을 쉽게 생각했던 것 같다. 어릴 때부터 결혼식을 하고 싶다는 생각은 없었다. 그냥 부부가 되기 위한 혼인신고만 하면 안 되나? 했지만 우리 다섯 남매 중 개혼이었기에 여태껏 프로 참석러였던 부모님은 결혼식을 당연히 해야 한다는 의견이었고, 그도 예식은 해야 한다는 입장이었다. 당신을 사랑해서 함께 살고 싶은데 결혼 '식' 그게 뭐 어렵다고 못하겠나. 그러나 결혼하겠다는 다짐은 차라리 쉬웠다. 결혼식을 준비하면서 사랑만 가지고는 결혼을 할 수 없다는 이유를 알게 되었다. 결혼이란 장벽이 높은 것은 어쩌면 결혼에 관한 모든 선택에 비용이 따르기 때문이 아닐까. 더구나 스드메(스튜디오, 드레스, 메이크업)는 아무리 스스로 발품을 팔고 시간을 투자해도 비용이 저렴해지지 않아서 조금 (사실 조금 아니고 엄청나게) 놀라웠다.

고작 한 시간 정도 이용하는 예식장이 이만큼 비싸다고?

스튜디오 웨딩 촬영을 하는데 이렇게나 큰돈이 든다고?

이 망할 코로나 때문에 사람을 초대해야 하나 말아야 하나 고민하는 상황에 보증 인원이 그렇게 많다니요?

더 당황스러운 것은 모든 것을 빠르게 선택하여야 한다. 투어를 갔던 예식장들은 우리가 원하는 날짜와 시간이 골드타임이라 경쟁이 치열하다고 선택을 재촉했고, 스튜디오들의 여러 샘플을 보며 그 자리에서 바로 결정해야 했고, 코로나 상황이어서 보증 인원을 최소 인원으로 정했지만, 그 또한 확답 못 할 인원수였다. 설명을 들으면 들을수록, 안내 책자를 보면 볼수록 우리나라 결혼 시스템, 과연 이게 맞는 건가 하는 의문도 들었고 결혼 관련 업체들이 예비 신혼부부들을 상대로 사기를 치는 건 아닌지 의심도 들었다. 여기서 말 그대로 호구 잡혀도 방법은 없었다. 그렇게 나는 예비 신부이자 예비 호구가 되었다.

결혼 준비에서 그의 배려는 큰 힘이 되었다. 먼저 결정권을 주었고 내 선택을 존중해 주었다. 그래서 특별히 부딪히지 않고 수월하게 진행할 수 있었다. 그는 선택에 따라 프리미엄이라 금액 추가가 있더라도 선뜻 해주었다. 한 번뿐인 웨딩드레스인데

오십 만원을 더 추가해도 상관없으니, 맘에 드는 드레스로 입으라고 해주었다. 자잘한 이유로 추가금이란 말을 들을 때 손을 떨던 나였지만 결국 남들과 비슷한 결혼식의 구색갖추기를 위해 선택할 수밖에 없었다. 그 외에도 음식이 맛있고 주차가 편한 예식장으로 선택했고 샘플을 보며 원하는 스튜디오를 정하는 데 5분도 걸리지 않았다. 쭉쭉 빠져나가는 계약금을 처리하고 뭔가 시작은 되었구나 싶었다. 이래서 젊을 때 돈 열심히 모으란 것이었나, 하는 허탈감의 웃음도 나왔다.

결혼에 있어 제일 중요한 것은 집이다. 당시 그가 자취하던 집에서 신혼생활을 시작하기로 했다. 요즘은 아파트에서 시작하는 신혼이 보통이고 평범이라지만 우리의 신혼은 아파트는 아니었다. 넓고 깨끗한 아파트가 아니라도 우리 둘이 함께 시작하는 보금자리로 충분했다. 프러포즈했을 때 신혼은 그가 자취하는 집에서 시작하자고 했다. 여기서 차근차근 모아 집을 넓혀 나가도 충분했다. 그와 함께 살고 싶을 뿐이지 다른 것은 크게 중요하지 않았다. 요즘 우리는 처음 시작하던 그때를 추억하곤 하는데, 그는 자신의 자취 집에서 신혼을 시작하자고 해준 나에게 정말 많이 고마웠다고 한다. 그의 입장에선 신경이 많이 쓰이긴 했었나 보다. 혼수라는 이름으로 우리가 바꾼 건 단 하나, 침대였다. 자취생의 저렴한 침대를 사용하던 그는 잠을 잘 자지 못하는 나를 위해 침대만 바꾸자 했었고, 신혼이니 침대는 좋은 거 사서 편하게 자자며 바꾼 이백만원짜리 침대가 우리의 유일한 혼수였다.

그와 결혼식을 준비하면서 예물과 예단은 전부 하지 않기로 했었다. 일명 안 주고 안 받기, 복잡한 거 하지 않고 우리 둘이 잘 살기 위한 투자였고 양가 부모님도 우리의 뜻을 존중해 주셨다. 그리고 양가 부모님 중에서 한쪽이라도 아쉬워하는 말이 나오면 생략하지 말고 하자고 둘이 말을 맞추었다. 엄마가 혹시나 결혼에 대한 의견을 제시하면 잘 들어주려고 했었다. 엄마는 예물과 예단을 안 하기로 했지, 엄마의 의견을 말하지 않겠다고는 하지 않았다는 듯이 한복을 사자고 말씀하셨다. 이건 첫 번째 충돌이었다. 한 번만 입을 한복이다. 그런 한복을 큰돈 주고 산다는 건 계획에 없었다. 우린 다섯 남매니까 또 한복 입을 일이 있을지 모르니 엄마는 한복을 구매하고 우리는 대여하겠다 했지만, 엄마는 결혼하는 신혼부부가 한복도 없으면 안 된다고 완강하셨다. 결국 약 이백만원 정도의 돈을 내고 한복을 샀다. 신혼여행 다녀온 후에 양가 인사하러 가면서 한복 본전을 뽑아야 한다고 힘들게 입고 간 이후로 지금까지 한 번도 입은 적이 없다. 가끔 그날의 한복에 대해 이야기 하는데 엄마는 결혼할 때 외할머니가 엄마 한복을 두 벌이나 사주셔서 엄마도 그 생각에 한복을 얘기했던 거라고 하셨다. 지금 생각해 보면 입지 않는 한복에 큰 지출한 게 조금 후회되기도 하신다고.

한복 충돌 이후 다음 충돌이 기다리고 있었다. 바로 폐백이었다. 결혼식을 하고 폐백까지 하면 하객으로 오신 손님들께 인사를 많이 못 드릴 수 있으니, 폐백을 생략하고 싶었다. 그런데 엄마는 결혼하면 남자 쪽 어른들께 인사를 다 해야 하는 거라면서 폐백은 꼭 해야 한다고 하셨다. 아주 조선시대에서 타임머신 타고 오신 어머니인 줄 알겠다며 안 해도 된다고 말했으나 엄마는 또! 완강했다. 그 외에도 이바지 음식을 챙겨야 한다 VS 그냥 가도 된다 같은 의견 대립이 있었지만, 엄마의 의견에 따라 진행하였다.

생각해 보면 별일 아닌데, 기분 좋게 해드리기 어려운 일도 아니었고. 그냥 좀 더 알아보고 움직이면 되는데 뭘 그렇게 엄마랑은 결혼 준비하면서 자잘하게 부딪혔는지 모르겠다. 결혼 준비를 하면서 신경 쓸 것도 점점 많아지고 챙길 게 많아서 시간도 없고 여간 스트레스 받는 게 아니었다. 엄마가 원하는 바를 말했을 때 '가뜩이나 신경 쓸 일이 많은데 꼭 그것까지 해야 해?' 하는 생각도 많이 들었다. 나중에 딸이 결혼한다고 하면 밉보이지 않게 잘 챙겨 보내고 싶은 마음은 엄마와 똑같을 텐데. 투닥투닥했지만 무사히 결혼식을 마친 나는 엄마의 둥지에서 제일 먼저 독립해 나가는 아기새이면서 독립하는 순간까지도 엄마랑 다툰 미운 아기새였다.

날 살찌게 만든 남자는 당신이 처음이야

결혼 후 항상, 출근이 빨랐던 남편이 아침 식사를 준비했다. 우리의 아침은 간단한 빵과 우유, 단순히 허기짐을 채우기 위한 음식이 아니었다. 어느 날은 떡만둣국이고, 어느 날은 들깻가루를 직접 풀어서 만든 들깨칼국수를, 그리고 또 어떤 날은 애호박을 굽고 있었다. 나도 자취할 때 아침을 차려 먹고 출근하긴 했는데 남편이 이렇게 잘 챙겨 먹을 줄은 몰랐다. 남편은 평소 먹는 밥상에 수저 하나 더 두면 돼서 힘들지 않다고 했다. 퇴근도 남편이 더 빨랐기에 저녁 준비도 했는데 저녁 여섯 시에 퇴근하면 항상 전화가 온다.

[오늘 저녁 먹고 싶은 거 있어?]

이렇게 물어오면 나는 그가 원하지 않는 대답을 자주 했다.

[아무거나]

남편의 툴툴거리는 소리가 전화 너머로 들렸지만, 그런 일상이 즐거웠고 행복했다.

어느 퇴근길, 회사 동료를 옆에 태우고 퇴근하고 있는데 어김없이 남편에게 전화가 왔다. 오늘 저녁 메뉴 이야기였다. 항상 하던 이야기라 간단하게 하고 끊었는데 동료는 통화 끝나자마자 남편이 정말 귀엽다고 웃으셨다. 엄마뻘인 그 분은 결혼 정말 잘했다며 남편이 이렇게 잘 챙겨주냐고 하셨다. 스트레스 받으면 끼니를 거르거나 대충 먹는 나를 너무도 잘 아는 그는 식사를 더 잘 챙겨주려고 하는 마음이 크다고 했다. 그런 행복한 이유로 연애를 시작하고 나서 1년 만에 10킬로가 쪘다.

스트레스를 잘 받아서 쉽게 살이 잘 찌지 않았다. 일할 때도 FM, 확실해야 직성이 풀렸기에 회사에서는 대체로 신경이 곤두서 있었다. 많은 업무량을 실수 없이 쳐내기 위해 일하다 보니 많이 지쳐가고 있었다. 결혼을 준비할 때도 집에서까지 일하는 모습이 안쓰러웠는지 남편은 퇴사를 생각해 보라고 했었지만 힘들다고 쉽게 그만둘 수 없었다.

'아니, 우리 인생 어떻게 될 줄 알고?'

고등학생 때부터 스스로 용돈을 벌어야 했다. 알바 5년 후, 22살에 바로 취업했다. 지금까지 쉬었던 기간이라곤 이직과 이직 사이, 최대가 보름 정도였고, 솔직히 한 달 이상을 쉬어보고 싶다는 마음이 생기고 있었다. 결혼하고 신혼생활을 보내면서, 결혼이 준다는 특유의 편안함과 안정감을 느끼고 있었다. 가족이 생기고, 나를 지켜줄 사람이 생겼다는 것, 울타리 뭐 그런 거? 물론 나 역시 그의 울타리가, 믿을 구석이 되어 줘야 하겠지만. 쉬고 싶다는 마음이 생기고 있을 때, 남편이 나 하나 먹여 살릴 수 있으니 자꾸 퇴사하고 재충전하라며 옆구리를 찔렀다. 그는 자신을 믿고 쉬면서 장미가 하고 싶은 일을 찾아보자고 했다. 지금의 장미는 혼자가 아니고, 여기 든든한 남편이 있으니 하고 싶은 일이 뭐든 상관없다고, 돈을 많이 벌지 않아도 괜찮다고. 남편의 입에서 나오는 말은 사랑이라는 단어를 사용하지 않아도 사랑이었고, 그 말의 높낮이는 행복이고, 저 표정은 우리의 신뢰였다. 퇴근하고 집으로 오면 항상 안아주는 든든한 빽 덕분에 나는 사직서를 낼 용기가 생겼다.

남편의 출근을 배웅하고 집에 혼자 있는 평일을 맞이하니 퇴사가 실감이 났다. 이번 달은 푹 쉬면서 충전하고 다음 달부터 놀러 다녀 볼 생각으로 계획도 짰다. 모든 계획이 설레었다. 퇴사하기 전에 차를 샀다. 내 명의로 된 첫 차인데 무려 새 차이니 얼마나 운전하고 싶었겠어. 집과는 조금 먼 카페도 운전해서 가고 한 번도 가보지 않았던 풀빌라도 가보고 친구들도 편한 시간에 만나고 짧지만 마음 여유로운 한 달을 보냈다.

2021년 11월 04일 저녁. 쉬면서도 운동을 해야 한다며 남편이랑 강변에 산책하러 갔는데 평소랑 달리 몸이 좀 힘들었다. 내가 뒤처지거나 말거나 남편은 파워워킹은 이렇게 하는 것이고, 이 정도 해줘야 다이어트가 된다고 더 힘차고 빠르게 걸으라며 무서운 코치에 빙의하여 운동시키려 했다. 아무래도 밥을 먹고 바로 나온 탓이라 생각하며 대충 걷다 들어와서 자려고 누웠는데 이번엔 배가 고파졌다. 갑자기 참을 수 없는 허기짐이 밀려왔다. 머릿속을 떠다니는 컵라면을 먹고 싶다고 말했더니 오히려 내 위를 걱정하며 하루 정도는 굶거나 죽을 먹으라는 대답이 돌아왔다. 컵라면도 압수당했다.

2021년 11월 05일 아침. 머리가 너무 어지러웠다. 아침 출근길은 자다가도 벌떡 일어나 꼭 배웅을 해줬는데 일어나서 걸어

가려니 눈앞이 핑핑 돌아 움직일 수가 없었다. 시간이 지나고 상태가 괜찮아지자, 어젯밤 먹고 싶었던 컵라면을 아침으로 먹으려고 했다. 침대에서 일어나 화장실에 들렀는데 예전에 사 두었던 임신 테스트기가 보였고 '그냥, 한 번 해볼까?' 하며 테스트했다. 그러곤 들어간 화장실에서 나올 수가 없었다. 선명하고 빨간 두 줄이었다.

컵라면을 한 손에 들고 계속 임신 테스트기를 멍하니 보다가 정신을 차리고 남편에게 사진을 찍어 보냈다. 수다쟁이 남편은 호들갑을 떨면서 반차를 쓰고 집으로 달려왔다. 집에 온 남편의 입꼬리는 씰룩씰룩 올라갔다 내려왔다 반복하며 계속 웃고 있었다.

결혼하고 5개월, 퇴사하고 고작 1개월 지났는데 임신이라니…. 이제 고삐 풀린 망나니처럼 놀러 다닐 생각으로 드릉드릉한 상태인데 당장 신나지도 행복하지도 않고 황당하기만 한 이 기분 그는 알까. 산부인과에서 임신 5주 차라고 했다. 저번 주에 놀이동산 가서 롤러코스터, 자이로드롭 타고 놀았었는데 이번 주에 임신 소식을 들으니 큰일 난 거 아닌가 하는 죄책감이 덜컥 밀려왔다. 내 몸은 임신이 힘들 거라며 피임하지 않아도 임신이 잘 안될 거라고 말한 한의사랑 임신 계획 있으면 배란 주사 맞으라던 의사들 전부 집합시켜서 이게 무슨 일이냐고 논하고 싶은 심정이었다. 방심한 잘못이 제일 크지만.

정신을 차린 후엔 태명을 정했다. 자신의 존재감을 알린 이 작은 세포는 이제부터 몽글이다. 초음파로 아기집을 확인하자마자 신기하게도 바로 입덧을 했다. 자궁 속에 콕 찍힌 세포의 존재감은 엄청났다. 눈앞은 핑핑 돌고 편하게 먹을 수 있는 음식이 없어서 당황스러웠다. 아직 마음의 준비가 안 되었는데 몸은 너무 호들갑스러웠다. 먹고 토하고, 양치하다가 토하고, 밥 냄새에 토하면서 룰루랄라 계획들은 연기처럼 사라지고, 고픈 배는 크로켓 하나 쥐고 버티는 시간이 늘어났다. 그러던 어느 날, 저녁에 자주 가던 식당에 가서 냉모밀을 먹었는데 울컥하고 눈물이 쏟아졌다. 이 시원한 음식이 목구멍으로 넘어갔고 구역질이 나지 않았기 때문이다. 제대로 먹지 못하는 나를 나보다 더 걱정했던 남편은 울면서도 잘 먹는 모습을 보곤 안심하고 밥을 먹었다. 1인분을 오랜만에 다 먹고 웃으며 집으로 돌아왔다. 남편은 캐리어에 짐을 차곡차곡 싸기 시작했다. 임신을 확인한 후 5일 뒤에 베트남으로 해외 출장을 떠났다.

나는 친정에 잠깐 신세를 지기로 했다. 친정에서 병원을 오가며 아기집에 있던 난황 옆에 반딧불이처럼 콩닥콩닥하는 심장도 보고 처음으로 심장 소리도 들었다. 혼자서 몽글이의 심장 소리를 듣고 그에게 전화로 이 새로운 감정과 상황에 관해 설명해 줄 때는 조금 신이 난 목소리였다. 입덧으로 고생하며 수액을 혼자 맞고 왔었을 때 핸드폰 너머로 남편 목소리가 들리자 떨어져 있단 서러움에 둘이 같이 엉엉 울던 나날도 있었다. 임신은 폭풍같이 휘몰아치며 나를 마구 흔들었다. 임신 초기에 설렘과 기대로 남편의 사랑과 보살핌 듬뿍 받으며 지내도 모자라는데 남편이 한국에 들어올 시기에 오미크론이 뉴스를 뒤덮었다.

코로나19가 전 세계를 덮친 후 잠깐의 완화 조짐이 보였던 시기였다. 베트남에서 귀국할 때는 2주의 자가격리가 없었는데 오미크론의 등장으로 귀국하는 모든 사람은 2주간의 자가격리를 해야 했다. 우린 같은 한국인데도 떨어져 있어야 했다. 얼마나 긴 기다림이었는지 모른다. 격리가 끝나고 같이 산부인과에 갔다. 아기집만 보고 떠났던 남편은 우렁찬 심장 소리를 들려주는 젤리 곰의 모습이 너무 신기하다며 흥분을 보였다. 그는 입덧약을 먹고 많이 좋아진 모습을 보고 힘든 시기에 같이 못 있어 줘서 미안하다고 꼬옥 안아주었다. 그동안의 서러움이 보드랍게 녹아내리는 것 같았다. 나는 미안하다는 말을 다시 되새겨 보았다. 그저 코로나에 걸리지 않고 무사히 돌아와 줘서 고마웠다. 이제 괜찮으니 같이 맛있는 것도 먹고 놀러 다니자고 했다. 매일 밤 몽글이에 대한 이야기, 미래에 대한 이야기, 우리가 둘에서 갑자기 셋이 되었지만, 함께 하게 될 많은 날에 대한 이야기를 했다. 기다림 끝에 원하던 행복한 시간이 찾아온 것이다.

산부인과에 정기적으로 검진을 가면서 여러 검사도 시기에 맞춰서 하게 되는데 그 중 임당 검사를 할 시기가 다가왔었다. 임당 검사란 임신성 당뇨 검사의 줄임말로 모든 임산부가 조마조마하고 걱정하는 검사 중의 하나이다. 임당에 걸리면 출산까지 먹고 싶은 음식을 마음 편히 먹을 수가 없다. 그렇기에 임당 검사 전에도 식사나 간식을 조절해야 하는데, 이상하게 그 시기즈음에 자꾸 달콤한 디저트나 간식들을 먹고 싶었다. 군것질을 평소에 잘 하지 않아서 잘 참으리라 생각했지만 계속 생각이 났고 자려고 누워도 온통 먹고 싶은 간식들이 아른거려서 미칠 것 같았다.

임당 검사를 하기 하루 전날, 저녁 식사 후에도 자꾸 입이 심심해서 간식 상자를 뒤적이고 있는데 남편이 뒤에서 "저녁밥을 방금 먹었는데 뭐가 먹고 싶어? 내일 검사하는데 조금만 참아 봐!" 라고 하는 게 아니겠는가. 그 말을 듣자마자 서러워서 눈물을 펑펑 쏟아버렸다. 서러운 울음에 갑자기 당황한 그는 왜 울고 그러냐며 지금 당장 나가서 먹고 싶은 거 사 오겠다고 뭐 먹고 싶냐고 물어보았다. 울음 섞인 초코케이크란 말에 한 겨울에 반바지 차림으로 급하게 나간 남편은 한 손엔 초코케이크를, 한 손엔 치즈케이크를 들고 들어왔다. 케이크 얼른 먹으라며 포크도 손에 쥐어주었다.

남편을 당황하게 해서 미안하기도 했지만, 코 훌쩍이며 먹는 케이크의 맛은 정말이지 달콤 그 자체.

사랑하는데요, 이혼할 위기에요

명절이었다. 당직 근무를 하는 형님을 만나러 가는 길에 카페에 들러 빵이랑 커피 몇 잔을 샀다. 임산부인 나는 아무 생각 없이 달콤한 초코라떼를 골랐다. 형님을 만난 후에 다시 시댁으로 왔는데 배가 아팠다. 몽글이 때문에 배가 아픈 게 아니라 화장실 배였다. 급하게 화장실에 갔지만 아무것도 나오지 않길래 혹시 임신으로 몸 어딘가가 안 좋은 걸까 불안했다. 화장실에서 나왔더니, 갑자기 이제 집에 가야겠다며 남편이 캐리어를 끌고 나오고 어머님이 짐을 들고 따라 나가셨다. 화장실에서 방금 나와 어리둥절해하니 아버님께서 말씀하셨다.

"장미 집 가는 거여."

'아…. 아버님. 저 지금 배가 좀... 꾸룩꾸룩하는 게 이상한데요.'

마음속으로 맴도는 말을 누르고 남편을 따라나섰다. 출발한 지 얼마 되지 않아 배가 또 너무 아팠다. 이제는 점점 확실해졌다. 이건 배탈이다. 남편에게 화장실 가고 싶다고 말했는데, 곧 고속도로 진입이라 휴게소는 한참이었다. '망했다. 임신한 후로는 화장실을 오래 참을 수 없잖아.' 식은땀이 미친듯이 흘렀다. 남편과 같은 걸 먹었는데 왜 나만 문제인 건지 생각하다가 초코라떼로 결론이 났다. 유당불내증이라서 우유를 먹으면 화장실을 달려가기에 우유 들어가는 음료는 마시지 않는데, 그 생각을 못 하고 초코라떼를 먹었던 것이다. 명절 연휴의 고속도로는 정체가 심했고 휴게소는 아득히 멀었다. 남편은 나를 안심시키려고 "사람은 화장실을 최대 3시간 참을 수 있대"라는 말도 안 되는 소릴 했다.

몽글이가 놀랄 정도로 배에서는 천둥이 치고 계속해서 식은땀을 흘렸다. 슬슬 한계가 느껴지자 점점 차 뒷자리를 보게 되었다. 만약 실수하게 된다면 조수석보다는 뒷자리에 넘어가서 하는 게 낫지 않을까 하는 생각이었으나, 형님께서 물려주신 카다란 아기 침대를 비롯하여 각종 아기용품으로 그 계획은 불가능했다. 그런 모습을 보며 그는 걱정하지 말라며 휴게소에 빠르게 데려다주겠다고 했으나 도로는 정체였고 차들은 저속으로 걸어가고 있었다. 사람은 화장실을 3시간까지 참을 수 있다니 뭐라니 하던 남편이 갑자기 말을 바꾸기 시작했다. 사람이 한번은 실수할 수 있다고, 다른 모르는 사람들 앞이 아니고 남편인데 뭐 어떠냐며 괜찮다고 한다. 이게 무슨 말도 안 되는 소리야. 아픈 배를 부여잡았다. "차 안에서, 남편 옆에서, 여기서 실수하면 사랑하지만 이혼해야 해. 진심으로 같이 못 살아. 이대로 터지면 우리 이혼이야."

생사를 오고 가는 모습에 남편은 갑자기 차의 비상등을 켜더니 고속도로 갓길을 빠르게 달리기 시작했다. 꽉 막힌 명절 연휴의 고속도로에서 비상등을 켜고 갓길을 달리는 남편은 그 순간 어벤져스였고 생명의 은인이었다. 모르는 사람이 보면 임산부가 배가 아파서 그런가 싶을지 모르지만, 영화 매드맥스처럼 달려 도착한 휴게소에서 살 수 있었고 우리는 이혼하지 않을 수 있었다. 그 후 가는 휴게소마다 들려서 화장실을 가야 했다. 고속도로에 장미가 계속 영역표시 한다고 남편이 장난을 쳐도 반박할 힘이 없었다. 집에 도착 후 절인 배추처럼 쳐졌지만, 그에게 살려줘서 고맙다고 (이건 진심이고) 앞으로 잘하겠다는 (이때는 진심이었지) 지키지 않을 거짓말을 했다. 정말 끝까지 잘 참아준 내 의지와 아직은 젊은 몸과 괄약근을 칭찬하며 사랑하는 남편을 잃지 않을 수 있었다.

간절하고도 간절한

임신한 지 22주가 되었다. 이맘때 임당 검사와 더불어 정밀 초음파라고 아기의 장기와 머리, 어느 정도의 성장이 이루어졌는지 다 관찰할 수 있는 검진이 있다. 정밀 초음파 검사 시간이 얼마나 걸릴지 물어보니 30분에서 길면 40분이라고 했다. 몽글이를 볼 수 있다는 기대감과 혼자 들어가는 두려움도 있었지만, 기대감에 혼자란 두려움은 접어두고 어두운 초음파실을 씩씩하게 들어갔다. 양수가 많은 편이라 남들보단 더 부른 배로 침대에 누워 선생님이 초음파를 보시는 동안 작은 화면으로 몽글이의 손가락이 열 개가 맞는지, 발가락은 열 개가 맞는지 집중하며 보았다. 심장을 봐야 하는데 몽글이가 몸을 둥글게 말고 협조를 하지 않았다. 복도로 나와 조금 걷고, 몸을 이리저리 돌아 누워가며 겨우 초음파를 볼 수 있었다. 초음파를 1시간 동안 보고 나오니, 밖에서 기다리던 남편은 오래 걸리길래 안에서 우는 줄 알았다고 했다. 갑자기 왜 우냐며 농담도 주고받고 웃으면서 진료 순서를 기다리다 담당 선생님을 만났다. 초음파 영상에서 파란색과 붉은색이 왔다갔다하며 콩닥콩닥 뛰는 심장을 보시며 선생님은 종이와 펜을 꺼내셨다.

"이게 아기 심장이라고 하면 혈류가 지나는…."

웃으며 들어간 우린 청천벽력 같은 말을 들었다. 잘 닫혀 있어야 하는 곳에 1.4mm 정도의 구멍이 있어 이곳으로 혈류가 지나가는 것이 보인다고 했다. 뱃속에서 이렇게 아기 심장에 구멍이 발견되었을 때 출산 전까지 아기가 성장 하면서 서서히 닫히는 경우가 많고, 출산 후에도 아기가 성장하면서 자연스레 닫히기 때문에 추적관찰을 하면 된다고 하셨다. 너무 걱정하지 말고 4주 뒤에 정밀 초음파를 한 번 더 해보자는 말씀을 덧붙이셨다. 인사를 하고 나와 수납을 하고 엘리베이터 앞에 섰는데 엘리베이터 문에 비치는 볼록한 배가 보이자 눈물이 마구마구 흘렀다.

심장 소리가 아주 우렁차고 콩닥콩닥 잘 뛰었는데 그런 씩씩한 심장에 구멍이라니 말도 안 된다. 그러면서 엄청난 자책에 빠져들었다. 임신을 알기 전까지 우울증 약을 계속 먹어서 그런 걸까? 아니면 술을 좋아해서? 퇴사 전까지 하던 흡연 때문에? 라면을 좋아해서 그런 걸까? 모든 문제를 나에게서 이유를 찾기 시작했고 차를 타고 병원을 나가는 중에도 울고, 점심으로 먹으려고 간 돈가스집에서도 볼록하게 배가 나온 임산부는 하염없이 울면서 돈가스를 먹었다. 슬프고 눈물이 났지만, 돈가스는 또 맛있었다. 아이가 어디 다치거나 아픈 곳이 있으면 엄마의 잘못이 아니더라도 "엄마가 미안해, 엄마가 잘못했어"라는 말을 왜 하는 걸까 궁금한 적이 있었는데 이건 머리를 거치지 않고 나오는 대사였다. 나도 모르게 계속해서 몽글이에게 미안하다는 말을 하고 있었다. 자책만 하는 나를 지탱해 준 건 남편이었다.

물론 그도 많은 걱정으로 회사 선배들에게도 물어보고 매일 매일을 '심실중격결손'을 검색하며 마음이 어지러웠을 것을 안다. 그렇기에 마음을 다시 다 잡아야 했다. 나는 몽글이의 엄마니까, 그리고 그의 아내니까.

A가 말했다.

"아기 심장에 구멍이 발견되어도 장미네의 경우는 아주 작은 편이고 좀 크더라도 대부분 닫힌다더라."

B가 말했다.

"아는 언니 아기도 그랬었는데 지금은 씽씽이를 폭주족처럼 잘 탄다더라, 임신 중에 그래도 출산하고 확인하면 잘 닫히고 건강히 태어난다더라."

조언을 구하고 물어본 이들은 나를 안심시키기 위해 누구네의 딸, 누구 집의 아들을 예로 들며 힘을 실어 주었다. 건강한 아이가 태어날 수 있다는 말은 모두 듣고 모두 믿었다.

4주가 지나고 다시 정밀 초음파를 했다. 엄마의 마음이 불안하다는 걸 아는지 모르는지 아기는 몸을 둥글게 말아 돌며 또 심장을 보여주지 않았다. 요리조리 몸을 움직여 가며 겨우 심장을 확인하고 담당 선생님을 만났다. 남편의 손을 잡은 내 손이 어찌나 떨렸는지, 마주 잡은 두 손에 긴장감이 맴돌았다. 초음파를 한참 보던 선생님은 이번엔 혈류가 지나가는 구멍은 보이지 않는다고 했다. 나중에 후기가 되면 한 번 더 확인해 보고 그때도 발견된 게 없다면 잘 닫힌 거니 걱정하지 않아도 된다고 하셨다. 롤러코스터가 종착지에 도착하여 긴장이 풀린 느낌이었다. 내 잘못도 아니고 우리 몽글이도 잘 자라고 있으니, 이제 걱정하지 말라는 남편의 말에 다시 씩씩한 임산부가 되겠다고 다짐했다.

'심실중격결손' 이란 생소한 단어를 들었을 때, 온몸이 아주 쪼여지는 듯한 느낌을 받았고 급하게 아무 신이나 불러 간절하게 빌고 있었다. 살면서 그렇게 간절하게 무언가를 바라본 적 없었다. 인생을 돌이켜 보자면 무언가를 간절히 바라고 원할 정도로 욕심이 있거나 관심이 있는 성격도 아니었다. 아기의 성별을 생각해 볼 때도 막상 임신하니 성별은 중요하지 않고 건강하기만 하면 된다고 생각했었다. 공부 못해도 되고, 건강하기만 하라던 어른들의 말씀은 내가 부모가 되어서야 하나씩 이해가 되기 시작했다. 건강하게 만나기만을 바란다.

아주 간절한 마음으로 기도한다.

몽글몽글하게 너를 만났다

나의 목표는 자연분만이었다. 출산할 때 남편이 함께 분만에 참여했으면 하는 마음이 99%였다. 목숨을 걸어야 하는 그 무서운 경험을 해낼 자신이 없었다. 세상 처음 겪어보는 고통을 함께 겪을 수는 없지만 옆에서 손이라도 잡아주고 그 순간을 함께 겪는다면 조금은 나을 것 같았다. 체력을 위해 입덧이 끝나자마자 임산부 요가를 등록했다. 만삭이 되어서 힘듦에도 불구하고 왕복 40분 거리를 운전하며 요가를 꾸준히 다녔지만, 그런 노력에도 몽글이는 지금의 자세가 편했던 건지 꿋꿋하게 역아의 자세를 고집했다. 임신 35주차에 코로나에 걸려 꼼짝없이 침대에 누워만 있었던 일주일을 제외하곤 아기를 돌리는 요가 자세를 항상 했는데도 소용이 없었다.

결국 제왕절개 수술을 하기로 하고 수술 날짜를 잡았다. 수술이 일주일 남은 시점에선 매일 먹고 싶은 음식들을 먹었다. 그건 모든 임산부가 출산 전 한다던 최후의 만찬이었다. 사실 최후의 만찬같이 맛있는 음식을 먹는 것은 임신기간 내내 충분히 했고 출산하면 빨간 음식이나 자극적인 음식은 먹지 못하니 그런 메뉴 위주로 먹었던 것 같다. 심지어 남편이 끓여주는 비빔면을 먹고 싶어서 아침 여섯 시에 일어나 남편에게 끓여달라고 조르기도 했었다. 맛있는 음식을 원 없이 먹고 나니 몽글이를 만날 날이 다가왔다. 날이 다가올수록 긴장이 되면서도, 퉁퉁 부은 다리와 벽돌 같은 발도 아프고 환도 통증 때문에 혼자 눕지도, 앉지도 못했다. 만삭의 몸은 무거워서 빨리 끝내고 가벼운 몸이 되었으면 좋겠다는 생각뿐이었다. 수술 당일에 눈 뜨자마자 호들갑스럽던 남편은 아침에 병원 가는 길에도 수다쟁이 모드였는데, 역시나 가야 할 방향을 지나칠 뻔했다.

병원에서 입원 수속을 하고 병실로 가서 임신기간 동안 매일 신겨주었던 압박 스타킹을 마지막으로 남편이 해주었다. 이제 진짜 곧 수술이라는 생각에 다시 긴장되었고 목이 바짝바짝 말랐다. 대화라도 좀 하면서 긴장을 풀고 싶었는데 바로 이동해야 했다. 수술실 앞까지 가서 남편과 잘하고 오겠단 인사를 하고서 수술실로 들어가니 밝고 선명한 조명 아래, 서늘한 기운이 감돌았다. 너무 무서웠다. 아기는 같이 만들었는데 수술은 혼자 해야 하고 고통도 혼자 감수해야 한다는 사실은 억울하면서도 무서웠다. 물론 우리 가족의 가장으로서 앞으로 남편의 어깨는 더 무거워지고 책임감이란 무게는 엄청나겠지만 그런 걸 지금 너그럽게 이해해 주기엔 내 코가 석 자였다. 좁은 수술실 침대에 바르게 누우니 여간 불편한 게 아니었다. 머릿속에선 온통 도망가고 싶다는 소리가 울려 퍼졌다. 그 와중에 몽글이는 엄마가 새로운 거 한다고 태동을 활발하게 해주었다. 누워 있는데 남산만 한 배가 몽글이의 발차기로 들썩들썩 움직이는 게 보일 정도였다.

'아직 나오기 싫어하는 거 아닐까, 무서운데 수술 미루면 안 될까, 남편 좀 불러달라고 하면 욕먹으려나….'

간호사분들이 본인확인을 위한 같은 질문을 여러 번 했었고 수술에 대한 대화를 조금 하다가 마취약을 넣는 것을 보고 잠이 들었다. 꿈속에는 맛있는 음식들이 잔뜩 있었고 그중에 하나를 들고 먹는데 음식이 아팠다. '음식이 맛있고 없고가 아니라 아프다고?' 라는 생각이 들자마자 엄청난 통증에 잠깐 눈을 떴을 땐 침대에 실려 이동하고 있었고, 다시 눈을 떴을 땐 남편과 간호사분들이 나를 병실 침대로 옮기고 있었다. 수술 후의 처치에 대해 남편이 설명을 듣고 있었는데 이후 나에겐 수술의 아픔보다 더한 고통이 있었다. 출산 후에는 오로라는 피가 생리처럼 나온다. 그 양은 임신기간에 하지 않았던 생리를 한꺼번에 하는 것처럼 양이 많다. 수술하고 꼼짝도 못 해, 보호자인 남편이 아래에 깔린 패드를 손수 갈아주는데 아무리 부부라지만 그런 모습을 다 보여준다니 처음엔 수치스럽고 부끄러웠다. 간호사 선생님의 설명을 들으며 수술한 부위와 피가 많이 묻은 패드를 보고 놀란 그의 표정이 아직도 잊히지 않는다. 마취로 비몽사몽하며 한숨 더 자고 일어나도 통증 때문에 자연적으로 신음이 흘러나왔다. 먼저 몽글이를 보고 온 남편이 사진을 보여주었는데, 인상을 찌푸린 작은 빵떡이가 있었다. 양쪽 손목엔 몽고반점이 있다고 손도 보여주었다. 손가락도 열 개, 발가락도 열 개, 오밀조밀 이쁘고 토실토실한 아기가 내 배에서 나왔다는 게 믿기지 않았다.

'내가 해냈다. 내가 아기를 낳았다. 장미 너무 대견하고 기특해! 장미 아주 칭찬해!'

침대에 누워 있는 시간엔 몽글이 사진만 보게 되었다. 진통제를 맞으면서 통증을 견디는데도 이상하게 몽글이 사진만 보면 아픔이 많이 가라앉았다. 남편이 생각보다 토실토실한 몽글이를 품고 있었을 걸 생각하니 많이 힘들었겠다며 다시 한번 고생했다고 말해주었다. 출산을 해낸 나의 어깨가 으쓱했던 순간이다. 수술한 다음 날부터 몽글이에게 면회를 갈 수 있었다. 수술하고 나서 걷는 첫걸음은 혼자서는 시도할 엄두도 내지 못할 고통이었다. 그렇지만 그 작고 붉은 토실토실한 몽글이를 보려고 온 힘을 다해 걷고 걸어서 신생아실에 갔다. 신생아실 유리에 찰싹 달라붙은 우리 부부는 몽글이를 눈에 담고 영상에 담았다. 이틀 전만 해도 뱃속에서 꼬물꼬물하던 생명이 유리 너머에 있다는 게 믿어지지 않았다. 면회 시간이 끝나고 알 수 없는 감동이 몰려와서 남편에게 안겨 울어버렸다.

보통 출산 3일 차쯤 수유실에 간다. 나는 임신 35주차에 코로나에 걸렸고 출산 시점에선 코로나 격리가 끝난 지 한 달이 되지 않았기에 수유실에 바로 갈 수가 없었다. 코로나 검사를 한 번 더 하고 다음 날 수유실에 갈 수 있었다. 고작 하루지만 이놈의 코로나 때문에 하루 늦게 몽글이를 보러 가게 되어 너무 속상했다. 수유실에서 콜을 받고 남편의 부축을 받으며 병실을 나섰다. 드디어 아기를 안아볼 수 있다니 너무 긴장되었다. 그 긴장은 수술실 들어가는 긴장감의 10배 정도는 될 듯하다. 무대 위에 올라가기 직전의 느낌, 자이로드롭이 상공에서 아래로 떨어지기 직전의 그 느낌이었다. 문이 열리고 몽글이가 왔다. 내 품에 들어온 몽글이는 살짝 뜨끈하고 묵직한 느낌이었다. 아직 젖이 돌지 않아서 품에 안아 얼굴 보고 인사하는 시간만 가졌다. 아기가 눈도 안 뜨고 잠만 잔다고 혹시나 걱정되어 물어보니 엄마 냄새가 나서 안정감이 들어 자는 거라고 하셨다. 수유실에서의 짧은 시간이 어떻게 흘렀는지 기억이 안 난다. 몽글이 얼굴을 바라보며 품에 안은 순간부터 나오기까지 울기만 했다. 고장 난 것처럼 벅차오르는 감정을 주체할 수 없었다.

'우리의 사랑과 걱정을 먹고 태어난 몽글아, 반가워 정말 너무 반가워. 얼마나 보고 싶었는지 우리 딸이 꿈에도 나올 정도였어. 건강하게 태어나줘서, 이렇게 품에 안을 수 있게 기다려줘서 고마워. 우리 부부에게 찾아와 줘서 고마워.'

몽글이를 만나러 들어가서 실컷 울고 나오니 밖에서 기다리고 있던 남편은 무슨 사연 있는 사람처럼 그렇게 우냐고 놀렸다.

몽글이와 함께 집으로 돌아가기 전 이웃 주민들께 양해를 부탁하는 안내문을 1층 출입구에 부착했다. 우리 집에 아기가 태어났는데 서투르지만 잘 보살필 테니 혹시 울음소리가 밤낮으로 들리더라도 양해 부탁드린다는 말을 전하고 싶었다. 셋이 오겠다고 외치고 나간 집에 우렁찬 울음소리를 낼 줄 아는 작은 빵떡이와 돌아왔다. 조리원에서 모자동실 시간에 몽글이를 만나는 건 하루에 두 시간뿐이었는데 이제 24시간을 쭈욱 함께해야 해서 긴장했는데, 남편은 몽글이를 안을 때 더 긴장한 기색이 역력했다. 분유 먹일 때도 함께하고, 기저귀 갈아줄 때도 우린 둘이 함께 했다. 너나 나나 어설프고 부모가 처음이니 함께 의지하고 배우고 알아가야 한다고 말하지 않아도 서로 같은 생각을 했던 것 같다.

몽글이는 집에 와서 엄청난 용쓰기를 보여주었다. 온몸에 힘을 주며 오징어처럼 꿈틀대는데 붉은 얼굴은 터질 것 같아서 좀 무서웠다. 잠을 자면서도 콧바람은 얼마나 쎈지 옆에 누워서 그 콧바람 소리를 들으면 웃음이 피식 나오기도 했다. 남편과 세계 제일 콧바람 대회 같은 게 있다면 아기 부문에서 수상할 것 같다고 농담도 했다. 몽글이는 누워 있으면 칭얼거리고 안으면 잠잠하다가 또 갑자기 칭얼거렸다. 그럴 땐 안고 일어나 걸어야 한다. 뱃속에 있을 때 엄마가 걸어 다니면 요람을 타는 느낌이라고 한다. 그래서 태어난 후에도 아기가 울 때 요람과 비슷한 느낌으로 안아서 천천히 걸어 다니면 곧 잘 그치곤 했다. 조리원에서도 안아달라 놀아달라 칭얼거린 적도 많다고 하던데 집에서도 안아달라고 자주 칭얼거렸다. 사실 칭얼거리지 않아도 안고 싶어서 안아준 적이 많았고 몽글이가 울면 바로 안아서 달래주었는데 어른들이 그런 모습을 보고는 아기 손탄다고 하거나 등 센서가 생겼다고 했다. 더불어 너무 자주, 그리고 많이 안아주지 말라고 하며.

아기의 울음은 의사 표현이고 이 자그마한 생명체가 불편하다고 말을 할 수도 없는데. 아기를 엄마가 안아준다는데 그런 소리 자꾸 들으니, 나중엔 짜증이 나서 안아주고 싶을 때 원 없이 안아줄 테니 신경 쓰지 말라고 당당하게 말했다. 물론 출산하고 아직 회복되지 않았는데 자꾸 몽글이를 안고 무리하니 몸이 매우 아프긴 했다. 그렇지만 몽글이를 많이 안아주고 눈 마주치며 이야기를 걸어주고 그 신생아 시절에 볼 수 있는 귀여운 얼굴을 잊지 않도록 많이 맞댄 건 절대 후회가 없다.

독박 육아하는 호르몬의 노예

집에 돌아온 후 남편과 출산휴가 3주를 함께 보냈다. 몽글이를 출산한 시기에 남편의 회사 일정이 아주 바빴었다. 출산휴가를 끝내고 회사에 복귀하니 출장이 남편을 기다리고 있었다. 처음엔 일박 이일, 이박 삼일 기간을 격주로 가더니 어느 달부터는 매주 이박 삼일씩 출장을 가게 되었다.

몽글이는 사랑스럽지만, 사랑스러움과는 별개로 육아는 아주 매운 맛이었다. 혼자하는 매운맛 육아는 아직 회복되지 않았던 몸에 무리가 왔다. 몽글이를 재우고 옆에서 조금이라도 자려고 누우면 온몸이 퉁퉁 부어오르는 느낌이 들었다. 아직 몸이 회복되지 않아서 밤이고 낮이고 몽글이와 시간을 보내고 새벽에도 일어나 수유를 하니 그야말로 만신창이였다. 더욱이 힘든 건 몸보다 정신이었다. 고생하는 남편에게 가지 말라고 할 수도 없는 노릇이고 투정 부릴 수도 없다는 것을 잘 알고 있었다. 육체적 힘듦과 정신적 힘듦을 오로지 혼자서 감내해야 했다. 친정에서 엄마와 언니가 도와주러 오기도 했지만, 그것으로는 충분치 않은 마음이었다.

출산하기 전에 남편은 가끔 말했었다.

"우리 집에 독박 육아란 없어! 무조건 함께하는 거야!"

출산휴가가 끝나고 초반에는 혼자서 하는 육아가 힘들었어도, 그 힘듦이 독박육아라고 한 번도 생각해 본 적 없었다. 원래도 살림과 육아를 함께 했던 남편은 출장을 가지 않는 날에는 두 배, 세 배로 더 잘해주었기 때문이었다. 그러나 점점 혼자서 몽글이를 돌보는 날짜가 길어질수록 지쳐가던 나는 독박 육아라는 생각이 들지 않을 수 없었다. 몽글이를 오롯이 혼자서 돌본다는, 몽글이 양육의 책임을 나만 지고 있다는 생각이 들지 않을 수 없었다. 천둥 번개가 치고 태풍이 불던 날에도 남편은 출장을 갔다. 출장간 남편이 집을 걱정해 연락을 해와도 말이 예쁘게 나올 수 없었다. 내 머릿속에선 그저 갓난아기와 아내를 두고 간 나쁜놈이 되어 있었다. 아무리 친정에서 도와주셔도 혼자 하는 육아의 책임감에 예민해질 수밖에 없었다. 아주 세상 끝까지 예민해졌다. 산후 우울증으로 힘들어하는 내게 남편은 전에 다니던 병원을 다시 가보는 게 어떠냐고 권하기도 했었지만 거절했다. 육아의 힘듦을 각오했었는데 병원에 가게 되면 지는 마음이 들어 더 싫었다.

'어디 나 같은 게 잘하는 것도 없으면서 아기를 낳아 키운다고 한 걸까. 말 못 하고 누워만 있는 몽글이는 내 딸로 태어나서 잘 크지 못하면 어떡하지. 엄마가 우울해서 행복하지 않은 건 아닐까. 나 자신도 벅차하면서 왜 무모하게 육아하는 걸까. 정말 못난 엄마야. 최악의 엄마야.'

끊임없이 자책했다. 매일 밤 하던 마음속의 채찍질은 더 강해져 밤과 낮을 가리지 않고 나를 몰아세우게 되었다. 보고만 있어도 이뻐 죽겠는 내 새끼를 보며 웃다가 제발 잠 좀 자자고 울면서 부탁도 하다가 또 미안해서 사과하다가를 여러 번 반복했다. 지금 생각해 보면 좀 정신이 나간 사람 같다. 출장이 점점 많아져 우리가 주말 부부가 되었을 때 극에 달한 나는 잠시 집을 떠나기로 결심했다.

살기 위해서, 그리고 몽글이가 엄마 때문에 불행하지 않기 위해서 짐을 쌌다. 나도 살기 위해서였지만 몽글이도 지쳐있는 엄마랑 있으면 안 좋은 영향을 받을까 봐 걱정도 되었다. 그 와중에 몽글이 걱정이 먼저였다. 짐을 한가득 챙겨서 친정에 갔을 때는 몽글이가 뒤집기를 한창 시도하던 시기였다. 누워서 모빌을 보는데 가끔 다리를 휙 옆으로 넘겨 몸을 뒤집으려고 시도하는 행동을 많이 했다. 갑자기 환경이 바뀌어서 뒤집기 도전을 하지 않으면 어쩌나 했는데 우려와 달리 몽글이의 뒤집기는 끊임없는 무한 도전이었다.

우리의 방문으로 괜히 부모님이 힘드시진 않을까 걱정도 잠시 손녀의 뒤집기 도전을 직관으로 볼 수 있어서 부모님이 더 좋아하셨다. 조그마한 손녀가 혼자 분주한 모습을 보고 할머니와 할아버지는 핸드폰과 리모컨을 손에 들고도, 아무 말 하지 않고 몽글이만 바라봤다. 손녀에게 아주 빨려 들어갈 기세였다. 밥을 먹다가도, 집안일을 하다가도 몽글이의 웃음소리만 들리면 나와서 쳐다보고 말을 걸었다. 친정 부모님은 첫 손주의 모든 행동 하나하나를 다 이뻐하셨다. 단둘이 집에서 조용한 것보다 사람이 많아 시끌벅적한 친정에 와서 몽글이도 즐거워 보였다. 남편은 금요일이나 토요일에 돌아와 주말은 우리가 있는 친정에 와서 같이 지내고 월요일엔 또 출장을 갔다. 몽글이는 아빠가 안으면 낯설어서 숨넘어가듯 소리도 안 내고 꺼이꺼이 울었다. 엄마랑 24시간을 붙어있으니, 일주일에 하루나 이틀 보는 아빠는 낯설 수밖에. 그 모습을 볼 때면 그렇게 속상할 수가 없었다. 아빠를 닮은 딸이 아빠가 낯설어 울음을 그치지 않았고, 아빠가 와도 내가 안아야 하고 달래야 하는 것은 여전했다. 남편은 몽글이가 자면 어깨나 다리를 주물러 주는 것으로 미안함을 대신 표현했고 나는 울었다. 우는 것 말고는 힘듦을 표현할 방법이 없었다. 그렇게 매주 주말 또 울었다.

우리 집에 독박 육아는 없다고 말이나 말지.

그런 말이 있지 않은가. 엄마 없이 못 살지만, 엄마랑은 못산다. 내가 딱 이 말의 표본이었다. 결혼 전에도 부모님과 살지 않고 혼자 자취를 할 정도였다. 그런 내가 몽글이와 함께 친정에서 3주를 버텼다. 물론 육아의 도움은 받았지만 그렇다고 해서 온전히 몸과 마음 모두 편히 지낸 것은 아니었다. 우리 집으로 돌아가면 또 몽글이랑 둘이 고군분투하고 또 우울함에 빠지고 몽글이를 보면서 죄책감을 가질 게 뻔해서 몽글이를 위해서 친정에 조금 더 붙어있으려 노력했다. 하지만, 아기를 재울 때는 조용히 해야 하고 TV를 맘껏 보지 못하는 불편함이 있어서 친정 식구들도 집에서 편히 쉬지 못하니 힘들어하는 게 보이기도 했다. 불편한 마음이 점점 커졌다. 눈치 주는 사람이 없는데 혼자 눈치를 보고, 청소든 빨래든 신경 써서 찾아 했지만 아무도 뭐라 하지 않는 불편함은 우울함으로 찾아왔다. 굶든 배달 음식만 먹든 어찌 되든 이제는 다시 집으로 돌아가야 겠다는 생각이 들었고 우리 모녀는 그렇게 다시 집으로 돌아왔다. 집으로 돌아가면서 마음을 다시 다잡았다. 출산할 때 각오했던 대로 강한 엄마가 되겠다고 마음먹었다.

엄마가 행복해야 아기가 행복하다고 한다. 나에게 죄책감을 마구 심어주는 이 말이 너무나 싫었다. '아기가 행복하지 못하다면 무조건 그건 다 엄마 때문이야' 하고 확정 짓는 것 같았다. 지금까지의 독박 육아로 우울해하고 힘들어하는 나 때문에 태어난 지 얼마 안 된 아기도 행복하지 못한 것 같다는 생각이 들었다. 아기가 행복하지 못한 이유가 나 때문이라는 죄책감이 하늘 높이 치솟았다. 항상 엄마만 바라보며 웃고 우는 몽글이가 있고 힘을 내야 한다는 걸 잘 아는데 마음을 다잡기까지는 꽤 오래 걸렸다. 약해빠진 생각을 버리고 현실에서 몽글이와 행복하게 지내려고 많이 노력했다. 집안에 적막이 감돌지 않도록 동요를 틀어두고 평소엔 굳이 다 말해야 하나 생각했던 말들도 몽글이에게는 계속 말하고 웃어주었다. 웃어주기 힘들거나 말하기 힘들 땐 장르 불문하고 노래를 계속 불러주거나 라디오도 들었다. 버티다 보면 돌아온 남편 덕에 하루나 이틀 정도는 새벽에 깨지 않고 잠을 자거나 아침에 늦잠을 자는 보상을 누릴 수 있었다. 고군분투하다 보니 어느새 몽글이가 6개월에 접어들었고 뒤집기도 성공하였다.

남편의 노력에도 몽글이는 한동안 아빠가 안으면 음소거 울음으로 엄마를 찾는 일이 많았다. 그 모습을 보며 어른인 우리들이 더 노력하자고 서로를 다독였다. 몽글이는 여전히 힘차게 울었지만, 다행히 나의 우는 횟수는 조금씩 줄어갔다. 우울감에 빠지지 않기 위해 하는 노력과 적극적으로 육아를 함께 하는, 아니 더 열심히 육아하고자 하는 남편 덕에 우리는 다시 셋이라는 견고한 울타리를 만들어 갔다. 흔들리지 않을 만큼 견고한 울타리를.

코로나가 흔들고 간 우리 집

아기가 태어나면 엄마에게 받은 면역으로 인해 6개월 정도는 잘 아프지 않는다고 한다. 실제로 몽글이는 6개월 정도까진 열이 나거나 감기 기운이 보인 적이 없다. 2023년 01월, 남편은 코로나 확진이 되었다. '다른 사람들 다 걸리고 한창 기승을 부릴 때는 걸리지도 않고 꿋꿋하게 출장 다니며 집에 없더니 이제와서? 갑자기?' 미운 남편을 방에 가두고는 컨디션 좋은 몽글이와 병원에 가서 신속 항원을 했다. 아주 조그마한 아기 코에 테스트한다며 검사기구를 폭 찔러 넣는데 몽글이가 얼마나 자지러지게 울던지, 지금까지도 그 기억이 생생하다. 테스트 후 '설마 아니겠지' 하는 마음으로 기다렸지만 몽글이의 테스트기에 코로나 양성 두 줄이 떴다. 그걸 보자마자 입에서 욕이 나왔다.

분명 잘 놀고 잘 웃던 몽글이였는데, 그날 저녁부터 열이 나고 아프기 시작했다. 태어난 지 얼마나 되었다고 바이러스에 감염이라니, 코로나라니. 열이 39도를 넘게 치솟았고 계속해서 기침을 했다. 나는 임신 중에 코로나에 걸렸던 이유인지 이번엔 음성이었고 졸지에 남편과 몽글이를 동시에 보살펴야 했다. 아픈 몽글이를 돌보는 일은 처음이라 정신없이 바빴고 아픈 남편도 밤새 뜨거운 몽글이의 몸을 미지근한 수건으로 닦았다. 해열제를 먹이고 열이 좀 내린 걸 확인하면 남편은 방에 자러 들어가고 나는 몽글이를 안아서 재웠다. 계속 끙끙대고 기침하고 울면서 잠을 못 자는데 안아주면 그래도 잠깐은 잠에 들었기 때문이다. 뜬 눈으로 밤새 안아주고 열 보초를 섰다.

코로나에 걸리지 않은 엄마가 해야 할 일이었다. 아침이 오면 소아과 오픈 시간에 맞춰 일찍 가서 수액을 맞혔다. 남편은 격리 때문에 돌아다닐 수 없으니, 수액을 맞힐 때도 내가 밀착 케어를 했다. 링거 바늘이 들어갈 때 어찌나 울던지 마음이 너무 아프다 못해 찢어질 것 같았다. 1인실에 들어와서 몽글이를 안고 참았던 울음을 터트렸다. 주사 맞는 모습을 보고 있자니 내 몸에 바늘 수백 개가 꽂히는 기분이었다. 수액을 맞는 두 시간 동안 몽글이는 다섯 번 구토했고 지나가는 발소리나 다른 아기 우는 소리만 들려도 따라 울었다. 그 사이에 열이 올라서 해열제도 같이 맞았다. 어른도 아파 죽겠다는 코로나를 이제 갓 7개월이 된 아기가 걸려서 고생하는 것을 보니 내 정신도 붙들기 힘들 지경이었다. 몽글이의 구토로 잔뜩 더러워진 옷으로 병원을 나섰다. 병원에서는 입원하는 게 어떠냐고 권유하셨다. 집에 가서도 제대로 못 먹거나 상태를 지켜본 후 더 몸에 힘이 없어지면 입원을 고려하겠다 말하고 데리고 나오면서도 잘한 선택인가 판단할 수 없었다. 집에 도착하니 엄마의 고민이 무색하게도 몽글이는 방긋방긋 웃고 분유도 한꺼번에 마셨다. 아마 병원의 분위기가 무섭고 주사가 너무 싫었던 것 같다. 진이 빠진 나는 거실에 잠깐 눕자마자 기절하듯 잠이 들어버렸다.

몽글이가 아파서 잠을 못 자면 밤새 안고 있었고 먹지 못하면 조금씩 자주 먹이려고 했다. 정말 엄마가 되긴 된 건지 내 몸은 조금이라도 몽글이 우는 소리가 들리면 빠르게 반응했다. 나도 모르게 자동으로 손이 먼저 가고 발이 먼저 움직였다. 사람은 적응의 동물이라더니 나 역시 해당하는 말이었다. 고열로 힘들어하는 모습을 보면서 몸을 닦아주는데 눈물이 마구 흘렀다. 울면서도 손은 쉬지 않고 움직였다. 코로나바이러스를 가져온 남편을 원망하지 않으려고 했는데도 원망하지 않을 수가 없었다.

아파서 장난감 하나 만지지 못하는 몽글이를 보며 속이 타들어 간다는 게 무엇인지 느꼈다. 처음 느껴본 감정이었고 세상이 흔들리는 기분이었다. 몽글이는 꼬박 5일 동안 열이 나고 소아과 오픈런 3회와 수액을 맞은 후에야 겨우 좋아졌다. 천재지변 같던 코로나를 이겨내고 다시 웃어준 몽글이의 미소에 마음속의 지진이 겨우 멈추었다. 코로나를 이겨내 줘서 고마운 우리 아기, 작고 소중한 우리 아기 아프느라 고생했다. 아, 뭐... 물론 우리 남편도….

왕왕 왕초보 엄마는 레벨업

출산 전엔 몽글이가 태어나면 빨라도 돌은 지나고 기관에 보내고 싶었다. 그러나 장기전인 육아에서 빠르게 지쳐갔고 온몸 구석구석이 아파서 병원이든 운동이든 나를 위한 돌봄도 해야 했다. 몽글이와 함께 움직여야 하니까 쉽게 시간을 낼 수 없었다. 하지만 아이를 잘 키우려면 엄마가 건강해야 했다. 몸도 마음도.

요즘은 어린이집에 보내고 싶어도 대기가 길어 쉽게 보낼 수 없다고 들어서 부랴부랴 어린이집에 입소 대기를 걸었다. 신학기인 3월에 입소 대기를 하자마자 다음날 바로 가능하다는 연락을 받고 상담하러 갔다. 돌이 안된 아기를 어린이집에 보내는 것에 걱정이 이만저만 아니었지만, 친구들과 어울려 노는 것도 몽글이의 성장에 도움이 되지 않을까 하는 생각으로 갔던 상담에서 0세 반은 우리 몽글이 뿐이라는 말을 들었다. 입소가 바로 가능한 이유였다. 대기하고 있는 아기들이 있지만 그 친구들은 돌 지나고 오는 것인지 7월쯤 들어올 예정이라고 하셨다. 그 얘기를 들으니 나 좀 쉬자고 몽글이를 너무 일찍 어린이집에 보내는 건 아닌가 하는 자책감이 마구 밀려왔다. 상담이 끝나고 나서 입소할지 말지의 결정까지는 자책과 걱정이 많았지만, 결국엔 나도 살아야겠다는 생각으로 입소를 결정했다. 8개월 차에 어린이집 첫 등원을 앞두고 등원 준비물을 챙겼다. 그 모습을 지켜보던 몽글이는 자신도 무언가를 해야 한다고 생각한 걸까. 등원을 이틀 앞두고 갑자기 스스로 앉기도 하고 배밀이도 했다. 기어갈 줄도 모르면서 등원할까 봐 걱정했는데 두 팔에 힘을 주어 앞으로 나아갔다. 해야 할 발달을 열심히 하면서 성장해 나가는 몽글이의 모습을 보며 너무 걱정을 끌어안고 있었나 생각했다.

2023년 03월, 아직 추운 아침에 아기에게 털옷을 두툼하게 입혀 첫 등원을 했다. 혼자 앉지만, 불안한 듯 흔들흔들하면서도 장난감이 많아서 궁금한지 배밀이를 하여 앞으로 기어가 장난감에 손을 뻗었다. 집에서보다 더 많은 장난감과 시끌벅적한 한 두 살 많은 언니 오빠에 정신을 못 차렸다. 담임 선생님은 우리 아기와 눈을 마주치며 말도 걸어주시고 새로운 장난감으로 시선을 끌며 아주 능숙하게 혼을 빼놓으셨다. 낯을 가리면서도 어느샌가 선생님 품에 안겨 울지도 않았다. 어린이집에서의 첫째 날, 제법 씩씩하게 교실 이곳저곳을 탐색하는 모습을 보였다. 역시 겪어보지 않고 걱정부터 하는 것은 바보 같은 짓이었다. 몽글이는 내 배에서 나왔지만 나보다 용감했다. 태어난 지 일 년도 안 된 아기에게도 배울 점은 있었다.

며칠 적응 후엔 엄마랑 분리하는 시간을 가졌다. 등원시켜 주고 돌아서 나가려니 엉엉 우는 몽글이의 얼굴이 눈에 밟혔다. 우는 소리가 귀에 맴돌아 한동안은 등원시키고 나서도 어린이집 근처를 배회했다. 괜스레 어린이집 앞의 놀이터에 앉아 혹시라도 선생님께 연락이 올까 기다리다가 집에 가곤 했다. 기특하게도 첫 사회생활인 어린이집에 차차 적응해 나갔고, 나도 몽글이와의 분리에 적응해 나갔다.

아기들도 아기를 알아본다고들 한다. 어린이집에서 제일 막둥이라 어린이들의 모든 사랑을 독차지한다고 했다. 말할 줄 아는 어린이들은 몽글이가 등원하면 이름을 계속 불러준다. 몽글이도 밖에서 언니 오빠의 소리가 들리면 교실에서부터 배밀이를 열심히 해서 밖으로 나간다고 한다. 어울려 노는 걸 좋아하는 모습을 보니 아빠를 닮아 외향적이고 인싸의 기질이 좀 있는 듯하다. 걱정은 단순히 일어나지 않을 일에 대한 걱정일 뿐이듯, 선생님께서도 더 신경 써주시고 몽글이도 어린이집에 다녀오는 것을 즐거워하는 게 눈에 보여 다행이었다. 선생님께서 말씀해 주신 대로 이유식 양과 수유 시간을 조절했더니 그 후, 짧은 인생에서 첫 통잠을 잤다. 까탈스러운 몽글이에게 통잠이라니 상상도 못 해본 일이었고 역시 전문가는 대단하다고 생각했다.

여러 아이들과 함께 지내고 노는 생활을 시작하고 나서 예민한 기질도 많이 사라졌고 성장 발달이 조금 더 빨라지기도 했다. 부모와의 애착 형성 운운하며 돌 전에 어린이집에 보내는 것을 나쁘게 보는 시선도 많았다. 우리 부부도 그때는 걱정투성이였는데 이제 와 보면 어린이집 등원은 우리 가족이 한 걸음 더 성장할 수 있던 잘한 선택이었다. 그리고 나도 조금은 숨 쉴 수 있었다. 전쟁 같은 아침에 몽글이를 등원시키고 나면 따뜻한 커피를 마실 수 있었고 항상 급하게 먹던 식사 시간도 여유가 생겨서 소화제를 먹던 횟수도 줄었다. 날씨가 좋은 어느 날은 준비하고 나가 혼자라도 맛있는 밥을 먹으려고 어디를 갈지 고민하기도 했다. 외출하지 않더라도 집에서 느긋하게 청소하는 것만으로도 마음이 좋았다. 그럴 때마다 생각했다. 비록 감기에 잘 걸려 오긴 하지만 어린이집은 아름다운 곳이라고.

붉은 핏덩이 같던 아기는 어느새 잘 걸어 다닌다. 빠르게 가야 하는 곳을 네발로 기기보다 걸어서 가는 것을 선택할 만큼 많이 성장했다. 곧 말이 트일 것 같다. 뒤집기를 하고, 배밀이를 하고, 혼자 앉고, 잡고 서서 옆으로 이동하고, 아무것도 잡지 않고 혼자 서기를 했다. 혼자 서기를 할 때의 우렁찬 기합 소리가 얼마나 웃기는지 아직도 생생한 어제 같은데, 갑자기 첫걸음마를 해서 엄마와 아빠 눈에 눈물을 쏙 빼더니 이제는 집 안 곳곳을 누비며 어지르는 것도 선수가 되었다.

아기가 성장하는 만큼 부모인 우리도 성장한다. 스스로가 기특하다 느끼는 날은 가끔 우스갯소리로 농담하기도 한다.

"나는 왕왕왕 초보 엄마에서 이제는 왕초보 엄마 정도 되는 것 같아!"

남편은 왕왕왕 다 떼도 충분하다면서 성장형 엄마로서 아주 잘하고 있다고 칭찬해 준다. 그러면서도 몽글이가 다치는 일이 생기면 아직도 몽글이보다 더 울면서 못난 엄마라고 자책도 하지만 이제는 아주 조금은 단단해지지 않았을까.

요즘은 어린이집 등원할 때 빨리 놀아야 하니 얼른 신발을 벗기라고 손짓, 발짓하는 몽글이를 보면 참 많이 컸다는 생각이 저절로 든다. 그리고 저 작은 생명체를 보며 많이 컸다고 생각하는 자신에게 많이 놀란다. 몇 년 전까지만 해도 나 하나도 벅차서 나를 포기하려고 했으면서, 결혼을 하고 한 남자의 아내로 출산하고, 이제 내가 낳은 아기를 보며 많이 컸다고 생각한다니. 눈 깜짝하니 엄마가 되어 있고 또 눈 깜짝하니 저 귀여운 몽글이는 두 돌을 보고 있다. 어쩌다 보니 엄마가 되었는데, 또 어떤 면에서는 그 수 많은 날이 어쩌다, 저쩌다, 그러다가 지지다가 볶다가 그렇게 지금. 내가 했던 선택이 지금의 나를 엄마로 만들었다.

엄마라는 이름을 어려워했지만 그럼에도 모든 순간에 최선을 다해 나는 엄마가 되었다. 몽글이의 사랑스러움에 푹 빠질 때면 한 번씩 남편에게 하는 말이 있다.

“인생이 너무 힘들어서 다음 생이 있다면 안 태어나고 싶었는데 어쩔 수 없이 태어나면 또 당신이랑 결혼해야 해. 그래야 우리 딸을 또 만나니까. 우리 연태 좋겠네. 다음 생에도 나랑 결혼할 수 있어서.”

가슴이 뛰는 일

누군가 행복하냐고 질문을 한다면 29살까지의 나는 아니라고 하겠지만 지금은 말할 수 있다.

"네. 저 지금 행복해요."

불안하고 흔들거리던 나는 지금의 남편을 만나 결혼을 하면서 마음의 안정감이 생겼다. 흔히들 말하는 결혼 해서 얻는 안정감이 무엇인지 알게 되었다. 그 후에 가끔 사람들을 만나면 결혼이란 너무 좋다며 다들 결혼하라고 추천했다. 가정적이고 다정한 남편이 있고 귀엽고 사랑스러운 딸도 있으니 행복하지 않을 수 없다. 가정의 행복은 이거면 되었다고 생각한다. 남편이 든든하게 지지해 주기에, 한 번 넘어지면 다시 일어나지 못하던 예전의 모습은 없고 잠을 자지 못해 멍한 눈으로 허공을 보며 누워 있던 나도 없다. 그래서 이제는 조금 더 행복을 키워 보고 싶다. 바로 나를 찾는 일이다. 원하는 일을 찾고 그 일을 직업으로 갖는 것. 가슴이 뛰는 일을 하고 싶다.

예전에 남편에게 출장도 잦고, 체력적으로 힘든 이 직업을 왜 선택했는지 물어본 적이 있다. 남편의 꿈은 좋은 아빠였다고 한다. 좋은 아빠가 되려면 아내와 자식들을 위해 돈을 잘 벌고 안정적인 직장을 가져야 한다고 생각했고 여러 회사를 고민하다 지금의 회사에 들어가게 되었다고. 그 결과로 남편은 나 하나 먹여 살릴 수 있으니 회사 다니지 말고 돈 걱정 없이 집에서 육아만 해도 된다고 당당하게 말할 수 있는 가장이 되었다고 무슨 기업의 회장이라도 된 것처럼 말한다. 그러나 이건 남편의 인생이지 내 인생은 아니다. 비록 남편의 꿈 덕분에 아내로 사는 삶은 행복하지만, 나는 고등학생 때부터 알바를 하며 스스로 용돈을 벌었던 사람이다. 처음에는 출근하지 않고 남편의 카드로 사는 시간이 어색했지만 나름 편했다. 그런데 시간이 지날수록 뭔가 말로 설명 어려운 불편함이 있었고 용돈이 적다고 투정을 부리기도 미안했다. 낮에 라면 먹지 말고 맛있는 거 사 먹고 놀러 다니라며 남편은 내 손에 카드도 쥐어 주었다. 다만, 내가 일하지 않고 타인에게 받은 돈으로 쉽게 살아 본 적이 없어서 어떻게 놀아야 하는지 방법을 몰라 마음이 뚝딱거렸다. 혼자 있을 때 점심으로 순대나 떡볶이를 사 먹는 정도의 사치만 부렸다. 그리고 마음 한켠에는 늘, 이게 맞나 하는 생각을 떨칠 수 없었다.

퇴사하고 3개월만 쉬었다가 준비해서 이직하려고 했던 계획은 출산과 육아로 한참 밀렸다. 한 남자를 사랑해 결혼했고 가정과 아이를 지켰더니, 사회에서는 경력이 단절된 상태가 되어 버렸다. 열심히 아이를 키우고 지켰는데, 사회에 내 자리가 있을지 두려워졌다. 그렇다고 전업주부로, 몽글이와 남편만 보고 살기엔 자꾸 가슴에서 자신을 향한 성취감, 열정이 꿈틀거린다.

그런데 이젠 나만 생각할 순 없다. 몽글이도 어린이집에 가니 천천히 취업 준비를 하려고 했는데 몽글이가 자주 아파서 내가 취업을 하면 이 어린 아기가 아플 때 어떻게 해야 하나 막막했다. 회사 생활을 해보면 아기 아프다고 막 쉴 수는 없는 노릇이었고 함께 일하는 동료들에게 나의 부재로 피해를 주고 싶지 않았다. 물론 남편은 내가 다시 일하고 싶다고 하면 언제든 준비해서 시작하고 도전하라고 말한다. 그 도전에 있어서 우리 딸이 주춤하게 만드는 걸림돌이 되지 않았으면 좋겠다고 했다. 알지만 마음이 너무 복잡했다. 게다가 사회생활을 하지 않는 기간이 길어질수록 겁 없이 도전하던 과거의 내 모습으로 돌아가 잘할 자신도 없었다. 예전엔 돌다리를 한, 두 번 두드려 보고 건넜다면 지금은 돌다리를 수백 번, 수천 번 두드려 보는 겁쟁이가 되었으니.

예전의 나를 잃은 건 아닐까 두려웠다. '나' 라는 사람이 이 사회에서 쓸모가 없는 사람이 된 것 같아 우울해진 적도 제법 많았다. 할까 말까 망설이면서 자신 없다고 시도해 보지 않는 겁쟁이같은 내가 한심하기만 하다. 우리 몽글이 이쁜 옷 사줄 때 조금 더 비싸더라도 그냥 결제하고 싶고, 우리 남편 텅 빈 지갑에 한 번씩 용돈도 꽂아주고 싶고, 남편의 고생을 덜어주도록 맞벌이하며 우리의 미래를 위해 같이 노력하고 싶은데 지키고 싶은 게 많아진 만큼 겁도 많아졌다.

육아에 매진할 때 나를 지칭하며 엄마라는 단어가 자연스럽게 나왔었다. 남편도 나를 이름보다는 "여보"라고 부르는 경우가 더 많았다. 그러다 어느 날에는 내 이름이 뭐였더라 생각한 적도 있었다. 그렇게 지내다 이제야 글을 쓰고 미팅할 때 "장미 씨" 하고 이름이 불리고, 아침에 준비하고 나가 사람을 만나고, 육아와 가사 외에 내 일을 하며 보내는 시간이 생기니 행복했다. 좋아하는 일을 하는 행복, 나의 이름으로 불리며 일을 통해 사람을 만나는 행복은 크게 다가왔다. 심지어 지금의 글을 쓰는 일은 좋아하는 일이기에 더할 나위 없었다. 미팅을 가는 날엔 아침에 몽글이가 깨기 전에 씻고 준비하느라 아침 여섯 시 전에 씻을 때도 많지만 서두르고 움직이는 그 모습마저 좋았다.

무언가 시작하기 전에 걱정 인형이 되었는데 이젠 겁이 나고 걱정한다고 해서 도전하지 않는다는 건 웃긴 일이란 것을 안다. 이제는 나에게 부족한 것으로 나를 탓하기 전에 내가 가진 게 무언지를 먼저 찾는다. 지금 결혼했고 아기가 있어도, 아줌마라는 소리를 듣더라도 나는 아직 젊은 청춘이고 삼십 대이다. 도전이 늦지 않았다는 것을 안다. 해보지 않은 일은 무궁무진하고 새로운 것이 많아 설레는 일도 엄청날 텐데 이런 재미에 내가 또 빠질 수야 없지. 또 어디선가 내 이름을 부르며 함께 하자고 하는 곳이 있지 않을까?

나는 지금 결혼하기 전의 나보다 훨씬 가진 게 많다. 든든하게 빽이 되어 주는 남편도 있고 사랑스러운 몽글이도 있다. 생각해 보니 지금의 나는 과거의 나보다 훨씬 나은 사람이다. 열심히 살아야 할 이유도 생겼다.

삶의 이유가 있다는 감사함, 과거에는 상상하지 못했던 감정이다. 몽글이가 한 달 동안 감기 한번 걸리지 않았다? 너무 감사하다. 남편의 취미생활인 테니스를 치는데 부상이 없다? 정말 너무 감사한 일이다. 퇴사한 후부터 지금까지 배우고 있는 수어를 지치지 않고 꾸준히 배우고 있는 나 자신? 정말 기특하고 칭찬한다. 이렇게 사소한 일부터 큼지막한 일까지 자주 감사함을 느끼고 긍정을 표현하는 사람이 되었다. 나만의 행복은 어쩌면 독특한 모양이고 특이한 색깔일지 모르지만, 세상에 이런 모양의 행복도 있다는 것을 알려주고 싶다. 하나하나 포기하려고 했던 지난날의 회색 인간이었던 나는 이제 알록달록한 색깔을 입었다. 그 알록달록함이 얼마나 벅차고 행복한지, 더 많은 사람들이 누려보길.

우선 나부터 세상에 우뚝 서야겠지만.

대한민국 청년 중 하나 정 태 진

인생, 그거 참 쓰더라고요

다크서클이 드리운 제 눈을 보고선,
그렇게 살면 안 피곤하냡니다.
돼질만큼 피곤합니다.
이해되지 않는 듯, 그런데 왜 그렇게 사냐는데요.
저는 활짝 웃으며 "재밌으니까." 하고 대답합니다.

쓰디쓴 약 같은 글입니다

수적천석(水滴穿石), 미래에 대한 걱정이 한창이던 스무 살 때, 어디선가 봤던 사자성어다. 뜻을 풀자면 '떨어지는 물방울이 돌에 구멍을 낸다.' 인데, 물방울이 바위를 뚫을 수 있는 이유는 그 힘이 아니라 꾸준함이라는 의미다. 저 사자성어를 처음 봤을 때, 이상하게도 심장이 두근두근 뛰었다. 왜였을까? 아마도 당장은 조금 모자랄지언정 끈기를 가지고 꾸준하게 노력한다면 나 또한 현실이라는 돌에 구멍을 낼 수 있을 것만 같다 생각해서, 무엇이든지 이룰 수 있을 것만 같아서였을 것이다. 당시에 이 사자성어를 가슴속에 새겼었는데, 당장 가진 건 쥐뿔도 없었지만, 노력하고 인내하다 보면 언젠가는 꽤 괜찮은 미래를 쟁취해 낼 수 있으리라 생각했었다. 그렇게, 돌에 구멍을 내는 물방울이 되고 싶었던 나는 그때부터 지금까지 정말 많은 노력을 해왔다. 감히 이렇게 말할 수 있을 정도로 말이다.

'나만큼 고생하고 노력한 사람은 없어.'

안 해본 일이 없다. 일을 쉬어본 적이 없다. 여섯 시간 이상 잔 적은 한 손가락 안에 꼽는다. 시간이 아깝다는 이유에서였다. 그만큼 고생하고 노력했다. 하지만 현실은 냉정했다. 무수히 노력하고 인내해 왔지만, 애석하게도 아직 성공이라 칭할만한 것은 쟁취해 내지 못했다. 그나마 성공했다고 할 만한 건 두 가지뿐이다. 첫째, 죽지 않고 살아있다. 둘째, 다행히도 먹고 사는 데 지장은 없다. 그 외에는 아무런 것도 이루어 내지 못했다. 여전히 성공하지 못했기에, 수적천석(水滴穿石)과 비슷한 교훈이 담긴 말들을 싫어하게 됐다.

특히 희망을 잔뜩 심어주면서, 세상은 밝으니 내 말만 따르면 성공한다는 등의 내용이 담긴 자기계발서나 에세이 같은 책에서 하는 말을 믿지 않는다. 왜냐, 앞서 언급한 교훈이 담긴 말이나 책들은 그저 끈기를 가지고, 포기하지만 않으면 누구든지 남들이 인정해 줄 만큼의 성공을 이루어 낼 수 있다 말하는데,

내가 겪어본 현실은 전혀 그렇지 않기 때문이다. 현실은 아프다. 아무리 노력을 많이 한다 한들, 실패하거나 상처받기 너무 쉬운 구조로 이루어져 있다.

사실 나도 그런 편이다. 성공하기 전까지 그 과정이 얼마나 아픈지, 견디기가 얼마나 힘든지, 얼마나 안 좋은 일들이 많이 생길 수 있는지, 이런 이야기를 읽으면 가슴이 막막해지고, 우중충한 기분이 든다. 내 인생은 거짓말처럼 비현실적인 불운의 연속이었다. 과거를 떠올리는데, 재미없는 이야기만 떠오른다는 건 참으로 유감스러운 일이다.

살아오면서 한 가지 느낀 게 있다면, 끈기와 노력만 있다면 뭐든지 할 수 있다는 생각으로 사회에 발을 내밀었다가는 큰코다칠 가능성이 무척 높다는 거다. 나는 어설픈 각오로 현실에 무작정 달려들었다가 무진장 두들겨 맞았다. 흔하지 않은 더럽고, 힘들고, 억울한 일들을 마주했다. 나한테만 매정한 듯한 차가운 현실을 원망했다. 삶의 끈을 놓을까 고민한 적도 많다. 어느 날은 포기하고 싶었고, 어느 날은 실제로 쓰러져 일어나지 못했으며, 어느 날은 온종일 서럽게 울기도 했다.

사실 나의 이야기는 기분 좋은 이야기는 아니라고 생각한다. 누군가 그런데 왜 너의 이야기를 쓰고 있느냐고 묻는다면, 당당히 대답할 수 있을 거 같다.

"그래도 살아남았으니까요."

불운하긴 했으나, 죽지는 않았다. 겪기 싫었던 시련을 줄줄이 겪긴 했지만 어떻게든 넘겨냈다. 남들의 부러움을 살 만큼의 삶은 아닐지라도, 적당히 웃을 수 있을 만큼의 삶은 이어가고 있다. 세상이 무슨 염병을 떨든 나대로 살고 있기도 하다. 그래서인지 자신감 비스무리한 걸 가질 수 있었다. 지랄맞기만 하던 지난 날의 이야기가 누군가에게는 쓰디쓴 약처럼 느껴질 수도 있겠다고. 너무 써서 삼키기 힘든데, 막상 삼키고 나면 조금은 괜찮은 그런 이야기.

나는 그랬다. 어쭙잖은 위로를 받는 것보다는 나보다 불행한 사람을 보거나 불운한 이야기를 듣는 게 더 도움이 됐다. 돈 많은 놈한테 '야, 돈 그거 아무것도 아니니까 힘내라.' 이런 말을 듣는 게 나처럼 돈 없는 놈한테 위로가 됐을까? 아니다. 나한테는 불행한 사람을 보며 '내가 저 사람보다는 그래도 덜 불행하구나, 저 사람도 사는데 나도 살아야지.' 라고 생각하는 게 훨씬 더 나았다.

또한, 누군가의 불분명한 조언보다는 나보다 불행하다 생각했던 사람이 기어코 그 힘듦을 이겨내는 모습 또는 이야기에서 정체 모를 용기 혹은 삶에 대한 힌트 같은 걸 얻는 게 더 좋았다. 그 예가 극히 적어서 그렇지, 쓰디쓴 약 같은 이야기들이 나에게는 약효가 더 잘 들었던 셈이다.

마침 내 삶 또한 그러했다. 어지간히 불행했는데, 기어코 결국은 살아남았다. 그러니 누군가에게는, 꽤 불행했던 내 이야기가 쓰디쓴 약 같은 글이 될 수 있지도 않을까?

포기했는데, 깨닫기도 했습니다

어린 시절, 우리 집은 처참하리만큼 가난했다. 어려서 그랬는지는 모르겠는데, 그땐 그게 얼마나 부끄럽고 원망스러웠던지 모른다. 가진 게 없었으니, 어찌 보면 당연한 일이기도 했다. 그 이유 하나만으로 내가 물방울로 뚫어야 할 바위는 남들보다 훨씬 더 두껍고 단단했던 셈이었으니까. 그래도, 21살 언저리까지는 나름 버틸만했다. 여유롭지 않은 형편임에도 가정은 화목했고, 교우관계도 원만한 편이라 학창 시절은 꽤 괜찮았다. 한창 유행에 민감한 나이일 때 멋진 친구들을 만났고, 그 친구들은 우리 집안이 여유로운 편이 아니라는 걸 알고 여러 가지 도움을 주었었다. 가장 친한 친구들은 유행하던 브랜드 바람막이, 축구화, PMP(그 당시 수험생들에게는 필수였던 휴대용 동영상 플레이어로 꽤 비싼 전자기기였다.) 등 그 당시 부모님께 사달라고 하기 꺼려졌던 물건들을 빌려준다면서 건네주었는데, 지금 생각해 보면 이렇게 배려 깊고 고마운 친구들 덕에 비뚤어지지 않고 무너지지 않을 수 있었던 거 같다. 적당히 놀고, 적당히 지냈던 그 시절엔 꿈이라는 걸 가질 수 있었고, 그 꿈을 향해 달려갈 수 있었다. 늘 자신감에 차 있었고, 무엇이든 이뤄낼 수 있을 것 같았다. 내 앞에 모진 시련들이 줄줄이 기다리고 있는 줄도 모르고.

21살이 되던 해였다. 군대에 가기 전 사회를 더 경험하고 싶은 마음에 아르바이트를 하고 있었는데 갑작스럽게, 정말 뜬금없이 집이 망했다! 그전에도 형편이 좋은 편은 아니었지만, 기어코 진짜 밑바닥까지 떨어지게 된 것이다. 마치 흔한 드라마의 시나리오 같았다. 아니, 조금 더했다. 아버지의 잘못된 투자, 보증 등의 이유, 그리고 몇 가지 악재들이 겹쳤다. 드라마나 영화를 볼 때마다 저런 막장이 있나 하면서 비웃었는데, 알고 보니 내 현실이었다. 불이 났다길래 구경을 갔더니, 우리 집이 불타고 있는 걸 보게 된 느낌이랄까. 드라마 속 당하기만 하는 약한 피해자처럼, 집 안에 있는 가구에는 붉은 딱지가 덕지덕지 붙었다. 빚쟁이들을 피해 친척 집에서 신세를 지기도 하고, 여관방이나 찜질방에서 쪽잠을 자기도 했으며, 친구들 집을 돌아다니며 잠자리를 구하기도 했었다. 서러운 나날이었다. 학생이었다면 모를까, 성인이 된 나는 무너져 가는 집안과 무너지기 직전이었던 부모님을 바라보기만 할 수 없었다.

사회를 경험하고 싶은 마음에 시작했던 아르바이트는 어느샌가 생존을 위한 투쟁으로 바뀌었다. 하루에 12시간 이상, 봄이었던 입대 날짜를 미루면서까지 아르바이트를 하며, 벌어들인 돈을 집에 보탰다. 이때 즈음, 학창시절부터 마음속 깊은 곳에 소중히 간직하고 있던 꿈을 포기하기로 했다. 그리고 깨달았다. 끈기와 인내만으로는 현실이라는 돌에 구멍을 내지 못한다는 냉정한 사실과 현실은 때때로 말라붙은 지옥의 단면도처럼 끔찍할 수도 있다는 사실을. 무엇보다 가장 힘들었던 건 꿈을 과감히 포기하거나, 조금 더 성숙해진다고 해서 인생이 드라마틱하게 바뀌는 일 따위는 절대 일어나지 않는다는 점이었다. 공평하지 못한 세상을 원망했었다. '세상이 공평했다면, 나만 이렇게 힘들게 살지는 않았을 텐데' 그리 생각하며 공평한 세상을 바랐다. 그랬던 주제에, 이중적이게도 세상 속에 몇 안 되는 공평한 것들을 싫어했다. 법으로 정해진 공평한 최저 시급, 대한민국 남자에게 공평한 국방의 의무 같은 것들. 특히 그중에서 제일은 시간이었다. 시간은 공평하게 흘러갔다. 1초, 1분, 1시간은 누구에게나 1초, 1분, 1시간이었다. 분명히 같은 속도로 흘러가는 시간이었다. 하지만 나에게는 아닌 것 같았다. 내가 눈물을 흘리는 1초는 누군가가 웃고 있는 1초였다. 누군가가 미래를 위해 영어 단어 하나를 외우는 1분은 아르바이트를 하던 내가 싱크대에 쌓인 그릇 몇 개를 처리하는 1분이었다. 누군가가 비싼 과외수업 하나를 듣던 1시간은 내가 최저 시급만큼 돈을 더 벌 수 있는 1시간이었다. 누군가가 캠퍼스에서 행복하고 보람차게 보내는 1일은 나에게 육체적으로 힘들기만 한 1일이었다. 세상 그 무엇보다 공평한 시간은, 사실은 그 무엇보다 공평하지 않게 흐르고 있다고.

자연스레 비관적으로 변하기 시작했다. 날이 갈수록 불평불만이 늘고 예민해졌다. 이를 스스로 느끼면서도, 고칠 생각 같은 건 일절 하지 않았다. 그럴 필요가 없다 생각했다. 왜? 가진 게 없는 내가 아무리 발버둥친다 한들, 공평하지 않은 세상 속에서 바위에 구멍을 뚫어낼 방법은 없어 보였으니까. 당연하게도 이 시간이라는 놈은 그리 생각하든지 말든지, 공평하게 그리고 속절없이 흘러갔다. 공평하지 않은 대한민국에서 하루하루를 보내다가 또래 남자들과 공평하게 국방부로부터 통지서를 하나 받게 됐다. 아직도 그때의 순간이 생생하게 떠오른다. 나이가 됐으니, 나라를 위해 의무를 다하러 오라는 끔찍한 내용을 읽고서는 혼자서 중얼거렸었다. '군 생활이 지금 생활보다 나을지도?' 지금 생각해 보면 말도 안 되는 개소리인데, 그런 개소리를 중얼거릴 만큼 그 당시에는 심적으로 무너져 내려가고 있었다.

아마 어떤 계기가 없었다면, 그렇게 완전히 무너져 버렸을지도 모른다. 헌데, 그 계기는 아이러니하게도 가장 싫어하던 사람이 제공해 주었었다. 그 사람은 아르바이트를 하던 식당의 사장이었다. 그를 싫어했던 이유는 너무나도 많았다. 그는 남자였던 나를 정말 개처럼 굴렸다. 그러면서 쪼잔하게도 시급 한 번 올려주지 않았다. 거기에 더해 폭언까지 일삼았다. 여자애들한테는 잘해줬으면서 말이다. 지금 생각해 보면 반찬거리 같은 걸 챙겨주거나, 술을 사주거나 하는 등 적잖이 챙겨준 적도 있었던 거 같긴 하다만, 그 당시의 그는 시급을 올려주지 않는 성격 더러운 쫌생이일 뿐이었다.

그 밑에서 일하던 중이었다. 군에 입대하기 일주일 전쯤에, 군대 때문에 아르바이트를 그만둔다 말했고, 쪼잔하고 인색하기 그지없던 사장은 웬일인지 사비로 송별회를 열어주었다. 자연스레 열린 술자리, 술이 어색했던 나는 일찍이 취해 버렸고, 소위 말하는 '깽판'이라는 것을 치기 시작했다. 그 자리에서 세상에 대한 소신을 밝혔다. 내 사정을 떠벌렸고, 사장에게 쌓여 있던 불만을 토해내며 진상을 부렸다. 어차피 앞으로 볼 일 없을 사람인데, 시원하게 욕이라도 박으면 그동안의 서러움이라도 풀 수 있지 않을까, 그런 어린 생각이었다. 그렇게 진상 부리기를 한참, 그 사장님은 한참이나 취기 어린 불평불만을 조용히 들어주었다. 그러다 한마디를 내뱉었다.

"뭐라노. 이 참새 좆만 한 새끼가."

그 욕 한마디에 정신이 번쩍 들었다. 아니, 정확히 말하자면 눈앞이 번쩍거림과 함께 뒤통수가 얼얼해졌다. 사장이 내 뒤통수를 손바닥으로 때린 것이다. 어찌나 아프던지, 서러움에 눈물이 핑 돌았다. '감히 네가 날 때려?' 그런 생각이 반사적으로 들었지만 우습게도 대들지는 못했다. 이유는 단순했다. 쫄렸다. 날 때린 사장은 우락부락한 체형을 지닌 자칭 건달 출신이었다. 나는 싸워본 적이 많지도 않은 데다가 깡마르기까지 했었다. 대들어 봤자 복날 개처럼 두들겨 맞을 뿐이라는 건 1+1은 2인 것처럼 당연한 사실이었다. 바짝 쫄아버린 날 눈을 부릅뜬 채 바라보던 사장은 내 어깨를 큼지막한 손으로 누르고서는 나지막이 말했다.

"마, 지금부터 설치지 말고 얌전히 들어라. 아니믄 시원하게 다이 한 번 치든가."

그리고서는 보잘것없는 말솜씨로 보잘것없는 이야기를 하기 시작했다. 서론은 네가 생각하는 것보다는 세상은 살만하다든지, 노력해야 뭐라도 이룰 수 있다든지 같은 누구나 할 수 있는 같잖은 조언이었다. 사장의 입에서 그다음으로 나오기 시작한 건 궁금하지 않았던 그의 과거였다. 그의 형제가 여섯이었는지 일곱이었는지, 가난했던 그가 어떻게 식당을 차리고 지점을 늘리는 데 성공했는지, 못생겼던 그가 어떻게 예쁜데 학벌까지 좋은 아내를 만나 결혼을 하기에 이르렀는지, 정확하게 기억은 나지 않는다. 다만 그 이야기를 듣다가 속으로 가졌던 두 가지 생각만큼은 확실히 기억난다. 하나는 '와, 인마도 어지간히 불행했네.' 였고, 다른 하나는 '이런 애도 이렇게 성공했는데, 나라고 못할 거 있나?' 였다.

나는 그 사람을 미워했다. 그 사람은 쪼잔했고, 평소의 행실이 거칠다 못해 지저분하기까지 했다. 조금 미안한 이야기이긴 한데, 여태 본 사람 중에 다섯 손가락 안에 들 만큼 못생기기까지 했었다. 그처럼은 살고 싶지 않았다. 그랬는데, 분명히 그랬었는데, 주정을 부리듯이 자신의 과거를 떠벌리던 그 순간의 그는 밉지 않았다. 신기하게도 그동안 잊고 있던 무언가가 마음속에서 다시 똬리를 틀기 시작했다.

가장 미워하고 닮기 싫어했던 사람 덕분에, 아이러니하게도 나라는 인간은 당장 무너지지 않을 수 있었던 것이다. 그가 술김에 내뱉었던 주정은, 여태 받아 본 그 어떤 위로보다 큰 위로가 됐었다.

노력했지만, 안됐습니다.

아슬아슬하게 무너지지 않고 입대를 했다. 공평하게 흐르는 시간 속에서 남들과 공평하게 상병이 될 수 있었다. 부조리가 판치는 막사 안에서, 그동안 많은 것을 느끼며 많은 고민을 했다. 주된 고민은 역시나 어떻게 하면 성공할 수 있을까였는데, 성공의 기준은 높지 않았다. 남들처럼 적당한 돈을 벌며 적당히 살아가는 것. 적당한 목표는 가진 게 아무것도 없었던 나에게는 너무나도 절실한 목표였다. 고민을 이어가던 어느 날이었다. 추석에 맞춰 휴가를 나온 적이 있다. 가족을 오랜만에 본다는 건 언제나 기쁜 일이었지만, 막막한 현실을 마주하는 것 또한 언제나 갑갑한 일이기도 했다. 집안 형편은 여전했다.

전역 후의 미래 역시 암울했다. 기쁨과 갑갑함이 공존하던 명절이었는데, 기회 비스무리한 것이 찾아왔다.

"전역하고, 내가 말하는 자격증 3개만 따라. 그러면 내가 일하는 회사에 들어올 수 있을 거다. 너도 하고 싶은 일이 많겠지만, 장남이니 돈을 버는 게 낫지 않겠느냐. 가족들을 생각해야지."

우리 가족의 어려움을 알고 있던 이모부가 조심스레 꺼낸 말은 그다지 내키지 않았던 제안이었다. 직업에 귀천을 생각해서는 아니었다. 다만 그 시대에는 사무직만이 사람다운 일이라고 여기는 분위기가 있었기에, 낮은 곳이라도 가라는 것처럼 들려 겁이 났을 뿐이다. 또한, 포기했었던 꿈을 다시 목표로 삼고 있었기 때문이기도 했다. 내 목표는 영화감독 혹은 방송국 PD가 되는 것이었다. 중, 고등학교 시절 내내 방송부 생활을 하며 키웠던 꿈이지만 무기력하게 접어야만 했었던 꿈, 그 꿈을 다시 꾸기 시작한 나는 백일 휴가 때 서점에서 그와 관련된 서적을 몇 권 구매하고선 군 생활 내내 닳도록 읽으며 공부를 하는 중이었다. 그러니 당연한 일이었다. 이모부가 해주었던 제안이, 꿈을 포기하라는 소리로밖에 들리지 않았던 것은.

하지만 그런 마음과 달리, 이모부의 제안은 타협할 수밖에 없는 현실적인 선택지이기도 했다. 사실 다른 선택지를 택할만한 상황도 아니었다. 날이 갈수록 수척해지고 얼굴에 주름이 늘어만 가던 부모님의 얼굴과 손, 게임 개발자를 꿈꿨지만 돈 잘 버는 직업을 수시로 인터넷에 검색하던 동생, 그리고 꿈에 대한 불확실성까지. 여러모로 꿈과 현실 사이에서 고민하다가 결국 결심을 굳힐 수밖에 없었다. 힘들고 적성에 안 맞더라도 취업만 한다면 월급은 안정적으로 나올 테니, 아무리 생각해 봐도 답은 정해져 있었다. 어떻게 보면 이모부가 건네주셨던 제안은 하늘에서 내려온 동아줄이라고도 할 수 있었다.

'그래. 일단 돈을 벌면서 꿈을 포기하지 않으면 되지 않을까?'

그리 생각하며 마음을 굳혔다. 그 이후, 소중히 읽던 책을 관물대 구석에 처박았다. 전역할 때까지 연등(군대에서 소등 시간 이후에 허가를 받아 자기 계발을 하는 시간)을 하며 자격증 공부를 했다. 전역 후에는 대학교를 곧장 자퇴하고, 아르바이트를 겸하면서 공부를 했다. 몸을 본격적으로 혹사하기 시작했던 건, 아마 이때부터였을 것이다.

잠은 4시간만 자도 사는 데 아무런 지장이 없다. 그러니 시간을 아끼면서 살자. 그러면 나중에 행복해질 거다. 그런 생각이었다. 당연한 이야기지만 잠까지 줄여가며 아르바이트와 공부를 병행하는 건 무척 힘든 일이었다. 특히 아르바이트가 가장 힘들었다. 몰랐었는데, 군을 입대하기 전에 일했던 식당의 사장님은 상당히 점잖은 편이었다.

안 해본 일이 없을 정도로 많은 아르바이트를 하면서 많은 사람과 상황을 겪었다. 편의점에서 아르바이트를 하다가 취객에게 뺨을 맞았는데 오히려 맞은 내가 잘리는가 하면, 공장에서 아르바이트를 하던 중에 졸다가, 나이 있는 정직원에게 폭행을 당하기도 했다. 주차장 아르바이트를 하던 중에는 돈이 많아 보이는 비슷한 나이대의 고객에게 수치스러운 말을 듣기도 했고, 술집 아르바이트를 할 때는 손님이 던진 맥주잔에 머리가 찢어지기도 했다. 이때 확실히 깨달았다. 남의 돈을 번다는 건 정말 어려운 일이라는 걸. 어려운 건 공부 또한 마찬가지였다. 이모부가 말해준 기업에 들어가기 위해서는 여태껏 익혀온 전공과목과는 전혀 다른 분야를 공부하고 자격증을 따야 했었는데, 이 또한 참으로 어려운 일이었다. 문과 출신에게 이과 쪽 학문은 외계어나 다름없었고, 이를 극복하기 위해선 정말 피땀 나는 노력이 필요했다. 공부를 잘했다거나, 머리가 좋은 편이었다면 조금 나았을지는 모르겠다만, 그런 쪽과는 거리가 멀었어서 무식하게 시간을 투자하며 문제를 풀어나가야만 했다. 솔직히 너무 포기하고 싶었는데, 그럼에도 포기하지 않을 수 있었던 이유는 노력만 한다면 나 또한 돌멩이에 구멍을 낼 수 있는 물방울이 될 수 있으리라는 생각이 여전히 마음속에 남아있었기 때문이다. 아르바이트를 병행하며, 공부에 악착같이 매진한 결과, 6개월 만에 자격증을 모두 딸 수 있었다.

헌데, 계획대로 흘러간다면 인생이 아니라고 했었던가. 자격증을 딴 해에 이모부가 재직 중이시던 회사에서는 신입사원을 뽑지 않았다. 그 이후 1년이 더 지나고, 자격증을 두 개 더 딴 상태로 이력서를 냈지만, 그 회사뿐만 아니라 비슷한 규모의 회사 그 어떤 곳에도 입사하지 못했다. 이력서를 낼 때마다 서류에서 떨어졌다. 그렇게 허송세월을 보내다가 뒤늦게 그 원인을 알 수 있었다. 고졸이니 스펙이니 하는 속세적인 원인도 있었지만, 가장 중요한 원인은 따로 있었다. 내가 현실에 무지했다. 무작정 끈기 있게 노력한다고 바위에 구멍이 뚫리는 일 따위는 없다는 걸 진작에 깨달았으면서도, 무식하게 노력만 했다. 바위에 구멍을 뚫을 수 있는 방법에 대해 생각했어야 하는데 말이다. 뒤늦게서야 그동안 의미 없이 시간을 보냈음을 알게 됐고, 당연하게도 절망했다. 한동안 방구석에 틀어박히거나, 친구들과 정신을 잃을 때까지 술을 들이켜며 스스로를 위로하고자 했다. 그렇게 한심한 순간을 매일매일 보냈다. 정말 불현듯이 그런 생각이 들더라.

'이렇게 산다고 달라지는 게 있나?'

분명히 아주 예전에 했던 생각이었다. 다만, 잊고 있었을 뿐이지. 그런 생각을 떠올리고 한참이 지난 후에야 다시 움직이기 시작했다.

뭐라도 하기 위해서.

첫 직장, 때려치웠습니다.

다시 움직이기로 결정한 후, 다시 죽어라 아르바이트에 매진했다. 참 많이도 했다. 시급을 조금이라도 더 주면 자리를 옮겼고, 정말 죽지 않을 정도로만 잠을 자면서 일을 늘려갔다. 그전과 다른 점 또한 있었다. 그전에는 불공평한 세상을 욕하거나 원망하며 일을 했다면, 달라진 점은 집안의 빚을 빨리 갚으면, 그만큼 기회가 많이 생기리라는 자신에게 거는 암시이자 세뇌였다. 그런 식으로 스스로를 다독이며 일하다 보니, 야간 아르바이트를 하던 곳에 정직원으로 입사할 기회가 생겼다. 일하던 곳의 점장님은 남들보다 일찍 출근하는 거짓된 성실함(사실 다른 아르바이트를 하고 난 뒤에 시간이 애매해서 일찍 출근했었다.)을 보고서는, 정직원으로 입사할 수 있도록 추천서를 써주셨다.

서울에 가서 면접을 보고 처음으로 직장이라는 걸 가질 수 있었다. 수습 기간을 거쳤다. 그동안 정말 죽어라 열심히 했다. 그래서인지 동기들보다는 조금 더 인정받을 수 있었다. 물론 동기들도 죽어라 노력했지만 한끝의 차이였다. 그 포상은 선택권이었다. 수많은 지역 중에서, 일할 곳을 정할 수 있는 선택권. 그 선택지 안에는 본사도 있었는데, 겁이 많았어서 고향인 지역을 택했다. 가족들이랑 떨어지기 싫어서, 혼자서 현실을 감당하기 무서워서 그런 단순한 이유였다.

아르바이트생 당시에는 몰랐는데 발령받은 XX점은 직원들에게 지옥이라 불리는 곳이었다. 왜냐, 내가 택한 지점은 미친 물량을 감당해야 하는 생산 공장이었고, 인사적으로도 불리할 수밖에 없는 여건을 가진 곳이었기 때문이다. 그러든가 말든가, 상관하지 않고 열심히 했다. 마치 아무리 말벌에게 쏘인다 한들, 꿋꿋하게 꿀을 파먹는 벌꿀 오소리처럼, 남의 이야기를 신경 쓰지 않고 할 일을 했다. 성과도 여럿 냈다. 지금까지 자랑스럽게 생각하고 있을 만큼 굵직한 성과들이었다. 하지만 딱 거기까지였다. 잠까지 줄여가며 일에 매진하다가 좋은 성과와 노력이 늘 좋은 보상으로 이어지는 건 아니라는 매정한 사실을 깨닫게 됐다. 현실은 비정했다. 직접 성과를 이뤄내는 것보다는 누군가가 이뤄낸 성과를 차지하는 게 효율적이라는 걸 직접 당하고 나서야 알게 됐다. 미친 듯이 발품을 뛰는 것보다는 누군가에게 잘 보이기 위해 거짓된 미소와 태도가 더 큰 무기라는 것도 알게 됐다. 거기에 더해 통장에 찍히는 금액은 매월 똑같았고, 인사고과는 이루어 냈던 결과와 정반대였다. 어떻게 그럴 수 있었을까. 어렸어서? 아니면 노력이 부족했어서?

그때는 정답을 찾아내지 못했었는데, 지금은 알 거 같다. 그 정답은, 내가 세상을 만만하게 봤었기 때문이다. 조금은 달라졌다고 생각했었지만 여전히 무식하게 열정적으로 노력만 하고 있었기 때문이다. 사회 초년생이라 조직과 사회생활, 그리고 권력을 몰랐다. 결론적으로 첫 직장에서 나는 이용만 당한 셈이었다. 용감했지만 어리석었던 탓에 누군가에게 미움을 받았고, 위로하는 척 해주던 동료라는 작자들은 알고 보니 이용만 하고 있었던 셈이었다. 그럼에도 그러한 사람들과 상황들을 바꿔낼 수 있으리라 생각했다. 근데 그것도 아니더라. 얼마나 노력하든 간에, 어떤 성과를 내든 간에 결론은 하나뿐이었다. 통장에 찍히는 월급은 늘 250만 원이었다는 거. 심지어 믿었던 동료에게 사기까지 당했다. 나한테 적잖은 돈을 빌렸던 그 작자는 아르바이트생들의 코 묻은 돈까지 빌렸었는데 그 총액이 억 단위에 근접했었다. 꽤 큰 사건이었는데, 이러한 일조차 사소한 사건이라 생각될 만큼 첫 직장에서 많은 일을 겪었다. 그러다 보니 다른 생각이 스멀스멀 들기 시작했다.

'이게 맞나?'

'빚은 아직 산더미처럼 남았는데, 나는 지금 뭘 하고 있는 거지?'

'또래들은 캠퍼스에서 더 나은 미래를 그리고 있는데, 나 혼자만 이런 곳에서 의미 없이 아등바등거리고 있는 건 아닐까?'

이런 생각이 들자 흔히 말하는 '현타'가 왔다. 어떻게 보면 인생의 전환점이기도 했다. 고민에 고민을 거듭하다가 다른 일을 해야겠다고 마음을 먹었으니까. 하지만 이 또한 쉬운 일은 아니었다. 꿈은 포기한 지 오래되었고, 사회에 대한 경험이 많지 않던 터라 무엇을 해야 할지 갈피를 쉽게 잡지 못하던 중이었으니까.

그런 고민이 이어지고 있던 어느 날이었다. 야간 아르바이트를 하던 형 한 분이 대기업에 입사하게 되면서 일을 그만두게 되었다. 고된 일을 함께 하며 정이 많이 들었던지라 자연스레 뒤풀이 자리를 가지게 되었는데, 그 형이 말했다.

"니 보면 안타깝다. 그마이 열심히 해도 안 챙겨주는데 뭐하러 이런 데서 일하노."

"차라리 야간 대학교를 가라. 너 일하는 수준의 반만 공부해도 최소 중견은 갈기다."

"얼마 버냐고? 최소 이만큼 번다. 너 평소 일하는 거의 반만 일해도."

그 자리에서 했던 대답은 '에이 설마요' 였지만, 얼마 가지 않아 알게 되었다. 그 형이 해주었던 말은 모두 진심이자 진실이었음을. 그러자 의문이 들었다.

'나는 이렇게 개같이 구르면서 250만 원을 버는데, 다른 데서는 훨씬 적게 일하면서도 두 배 가까이 번다고?'

그 작은 의문은 마음속 연못에 파문을 일으켰고, 이는 큰 파장을 일으켰다. 고민을 거듭하다가 일단 정보를 수집하기 시작했다. 결론을 내리는 데는 한 달이 넘는 시간이 걸렸다. 일주일도 아까운 고민이지만, 길어졌던 이유는 그래도 2년 동안 이루어 놓은 금자탑이 아까웠기 때문이다. 그러다가 내린 결론은 생각 외로 명쾌했다. 무엇을 해도 여기보다는 낫다. 이 헤진 직장에서는 영혼을 쏟아붓는다 한들, 미래라는 걸 그릴 수 없다. 퇴사하자. 그리고 꼭 대기업에 들어가자. 마음을 먹고 나니, 어지러웠던 머릿속이 거짓말처럼 차게 식었다. 결정을 내린 이후, 계획을 세우고 실천하는 데까지 한 달 정도 걸렸나? 젊은 열정을 불태웠던 첫 직장에 사직서를 제출하게 됐다. 그런데 그냥 퇴사하기에는 착취당한 내 청춘이 너무 아까웠다. 그동안 그토록 열정적으로 희생해 왔는데 보상은커녕, 그동안 고생했다 말 한마디 안 해주려고 하는 사람들이 괘씸했다.

'은혜는 몰라도 원수는 꼭 갚아야 한다.'

생각을 달리하는데 큰 공헌을 해주셨던 누군가는 자신을 따르는 직원들에게 늘 이런 말을 하곤 했었다. 그리고 그 말은 그에게 배운 유일한 가르침이기도 하다. 그래서 퇴사하던 날, 그 가르침을 바로 실행해 주었다. 수신자에 직원부터 CEO까지 빠짐없이 이름을 넣고 메일을 하나 뿌렸다. 50명이 넘는 아르바이트생들이 친히 찍어준 여러 영상과 재미있는 내용이 잔뜩 담긴 메일을 말이다. 그러자 그 직장에서는 난리가 났다. 일종의 핵폭탄이었다. 핵폭탄은 터졌고, 내 청춘을 바쳤던 곳 역시 잠시나마 터졌었다. 그 순간만큼은 속이 뻥 뚫린 듯 시원한 감정을 느낄 수 있었다.

근데 그것도 얼마 가지 않더라. 조금씩 미안해졌다. 싫어하던 사람들은 그렇다 치더라도, 그렇지 않은 사람들한테까지 피해를 준 건 여지없는 사실이었으니까. 그나마 다행인 점은 그 일을 계기로 그곳의 환경이 조금씩 변하고 있다는 소식을 들은 정도인데, 그렇다 한들, 철없는 그 행동이 올바른 행동이라고는 절대 생각하지 않았다. 약간의 후회를 하고서는 속으로 다짐했다. 다음에 직장이라는 것을 또 가지게 된다면, 나 같은 놈이 흑화하여 나한테 큰 피해를 주는 걸 막기 위해서라도 더 잘해봐야겠다고.

노력했고, 이루었습니다

핵폭탄을 성공적으로 투하했지만 그렇다고 사정이 좋아진 건 아니었다. 오히려 악화됐다고 하는 게 맞았다. 고정 수입은 줄었고, 집안의 빚은 건재했으니까. 심지어 습득해야 할 지식은 많았고, 대학교 등록금은 비쌌다. 한 방 먹였다는 승리감과 남들에게 피해를 줬다는 죄책감은 잠시뿐이었다. 새로이 걷게 된 길에서 쉴 틈 없이 움직여야 했다. 집안에 돈을 보태면서, 등록금과 방세를 구해야 했다. '대기업 입사' 라는 목표를 위해선 당장 자격증 취득 준비를 시작하고, 기초적인 지식을 쌓아야 했다. 그래서 아르바이트를 다시 시작했다. 야간에는 편의점에서, 퇴근 후에는 국밥집에서 일했다. 두 번째 퇴근 후에는 도서관으로 향했다. 잠은 최대한으로 줄였다. 어려서 그랬는지는 모르겠는데, 이때는 3~4시간만 자도 충분히 살만했다. 아니, 정확히 말하자면 죽지 않고 버틸만했다. 다크서클이 사라지질 않아서 그렇지.

3달을 그렇게 지냈다. 산업기사 자격증을 하나 취득했고, 어찌어찌 대학교 근처에 방을 구했으며 등록금까지 마련할 수 있었다. 누구에게 말해도 믿지 않을 만큼 저렴한 보증금과 월세의 방을 구한 건 참으로 행운이었다. 세면대가 없고, 고시원만큼 좁다는 점이 아쉬웠긴 했지만 말이다. 그렇게 입학을 했다. 생활 패턴은 거의 변하지 않았다. 아르바이트하는 곳만 다른 지역으로 바뀌었을 뿐이다.

하루 일과는 늘 일정했다. 18시에서 21시 30분까지는 수업시간이었다. 졸거나 다른 생각을 할 틈은 없었다. 여차하면 교수님들 입에서 나오는 시험에 관한 힌트를 놓칠지도 몰랐으니까. 수업이 끝난 후에는 곧장 편의점으로 출근했다. 근무는 22시부터 시작이었는데, 출근하자마자 미리 할 수 있는 일을 전부 처리하여 시간을 조금이라도 더 확보한 뒤, 그 시간을 공부 혹은 레포트를 작성하는 데 사용했다. 매번 그러지는 못했다. 폭력적인 취객, CCTV를 수시로 지켜보던 점장님의 전화, 소리부터 지르고 보시던 진상 손님들, 거기에 더해 도둑질을 하는 손님이나 아르바이트생들을 상대로 사기를 치던 사기꾼들까지. 어느 날은 공부에 집중하기는커녕, 터져 나오는 울분 때문에 퇴근할 때까지 운 적도 있었다. 그렇게 06시에 퇴근하면 버스를 타고 패스트푸드점으로 향했다. 트럭에 담긴 물품과 재료를 내려 창고로 옮기고 정리했고 햄버거를 하나 받아 10시에 퇴근했다. 버스 정류장에서 햄버거를 빠르게 먹으면서 학원으로 향했다. 몽롱한 정신을 억지로 붙잡아 가며 학원 수업을 마치면, 14시였다. 집에 도착하면 14시 20분, 그때부터 17시 30분까지. 그 당시의 내가 잠자는 시간은 하루 평균 3시간이었다.

그렇게까지 대학 생활에 매진했음에도 불구, 큰 위기감을 느꼈다. 야간대학에 입학한 사람들, 그러니까 나와 경쟁하는 이들은 하나같이 독한 친구들이었기 때문이다. 그들은 살면서 벽에 부딪힌 적이 있는, 이번 기회가 정말 마지막 기회라 생각하고 입학한 사람들이었다. 나만큼 노력하는 사람은 없다고 생각했었는데, 그 사람들 역시 지독하게 노력하고 있었다. 게다가 그 중 몇몇은 나보다 정보가 많았다. 그렇다 보니 이리 노력하더라도 낙오되지는 않을까 걱정할 수밖에 없었다. 그래서 더 악착같이 공부에 매진했다. 가진 정보가 많고, 성공하고자 하는 의지가 있는 동기들과 친해지기 위해 노력했다. 그러는 와중에도 조금이나마 돈을 더 보태기 위해 제출했던 레포트를 인터넷에 올려 팔았고, 컴퓨터로는 게임 작업장을 돌렸다. 그렇게 사는 처절함이 보였던 걸까. 경쟁자였던 친구들이 하나둘씩 내게 마음을 열어주기 시작했다. 친해진 우리는 수업이 끝난 후, 편의점 테라스에 옹기종기 앉아 레포트를 작성하는가 하면, 서로의 부족한 점을 봐주거나, 암기를 도와주곤 했다. 주말에는 그들과 함께 학교 도서관에서 청춘을 낭비했다. 짧은 쉬는 시간에는 담배를 입에 물고선, 별빛 아래 구름다리에 모여 미래를 주제로 노래를 불렀다. 누구는 어디 아파트를 사고 싶고, 누구는 보란 듯이 성공해서 전 여자친구에게 복수하고 싶다고도 했다. 누구는 아내의 사업에 보탬이 되고 싶다고 했고, 누구는 부자가 되고 싶다고 했다. 나는 이렇게 말했었다.

'좋은 아빠가 되고 싶다.'

젠장. 지금 생각해 보니 그때 말한 목표를 이루지 못한 건 부자가 되고 싶었던 놈과 좋은 아빠가 되고 싶었던 나, 딱 둘 뿐이다. 좋은 아빠는 무슨, 지금 당장 연애도 못하고 있는데. 참 빌어 먹을 세상이 아닐 수 없다. 어쨌든 간에, 그런 의미 없는 대화를 하며 처절하게 살다 보니 1년이라는 시간이 순식간에 흘러갔다. 결과는 나쁘지 않았다. 자격증 3개를 더 취득하고, 학점은 계절 학기를 제외한 모든 과목에서 A⁺을 받아냈다. 생존에 성공한 것도 업적이라면 업적일 것이다. 매번 통장 잔고를 걱정하면서도 결국은 버텨냈으니까. 아마 장학금을 받지 않았더라면, 다시 한 번 자퇴서를 작성했을지도 모른다.

그렇게 봄이 지나고, 슬슬 공채 시즌이 다가왔다. 1시간 간격으로 취업 카페를 확인하던 우리는 대기업 취업 공고가 뜨면 동시에 이력서를 작성하여 제출했다. 자기소개서를 공유하고, 서로 면접도 봐주면서 열매를 수확할 준비를 해나갔다. 우리가 준비해 왔던 시간은 헛되지 않았었다. 동시다발적으로 올라왔던 공고에 냈던 이력서는 예전과는 달리 '서류전형 합격을 축하드립니다.' 라는 메일로 돌아왔다. 아무것도 모르고 이력서를 냈다가 서류전형에서 광탈했던 예전에는 까마득해 보이기만 했던 대기업들이었는데 말이다. 그 당시 우리의 어깨는 하늘 높은 줄 모르고 치솟아 올랐다. 인적성이나 면접에서 많이 떨어지긴 했지만 그래도 좋았다. 가능성이 보였기 때문이다.

그러던 중 선택지를 하나라도 더 늘리고 싶어 담당 교수를 찾아갔다. 그 당시 주간 학생들에게만 주었던 추천서를 달라고 조르기 위해서. 원래 방침상 야간 재학생들은 졸업 전까지 받지 못했었는데, 무작정 찾아가서 요구하기도 하고 빌기도 했다.

교수님은 계속 거절하시다가 귀찮아지셨는지, 아니면 간절함에 감명을 받았는지 어느 날 갑자기 추천장을 하나 던져주셨다. 그 추천장은 지금 재직 중인 회사의 추천장이었고, 다니던 대학교에는 20장이 분배되었던 거로 기억한다. 타 대학교까지 합치면 100장 정도 뿌려졌다고 했으니, 경쟁자는 100명이었던 셈이다. 뽑는 인원은 0명, 즉 한 자릿수였다. 최소 10대 1, 재수 없으면 100대 1의 경쟁률이었는데, 통장 잔고가 바닥을 보이기 시작했던 시절이었던지라 정말 너무나도 간절했다. 면접을 앞둔 그 어느 회사보다 지금 재직 중인 회사에 입사하고 싶었다. 대기업인데다가 울산에서 근무할 수 있다는 점이 너무나도 매력적이었다. 하지만 아무리 생각해도 합격할 가능성은 너무 낮았다. 왜냐, 경쟁자들의 스펙이 너무나도 훌륭했었기 때문이다. 1~2등급을 받아야 들어갈 수 있다는 주간 화학 공학과 학생 19명, 그리고 화려한 스펙을 쌓아왔을 80명의 경쟁자까지. 하나

같이 나와는 비교가 되지 않는 이들이었다.

하늘이 도왔나, 어찌 됐든, 인적성까지는 어찌어찌 합격했다. 다음으로는 면접을 준비해야 했는데, 그 당시 아무리 검색을 해도 회사에 대한 정보가 나오지 않았었다. 합격하고는 싶은데, 방법은 없어 보이니 얼마나 답답했었는지 모른다. 결국 답답한 마음을 참지 못했다. 펜을 내려놓곤 무작정 택시를 잡았다. 그리고는 회사 주차장에서 하염없이 기다렸다. 직원 누구라도 나오면 일단 붙잡고, 뭐라도 물어보려고. 한여름에 땀을 뻘뻘 흘리며 두 시간 정도 기다리니깐 누가 나오긴 했다. 부끄럽고, 민망했지만 무작정 인사를 건네고 소개를 했다.

유니폼을 입고 있는 것으로 보아, 그분은 누가 봐도 회사에 소속된 사람이었는데, 아직도 '뭐 이런 놈이 다 있어.' 하던 그 사람의 표정이 기억난다. 당황하며 고개를 끄덕이던 그에게 최대한 공손하게, 그리고 다짜고짜 회사에 대해 물어봤다. 질문을 받은 당사자는 실소하면서도 대답을 해주었다. 잘은 모르지만, 이 정도로만 대답하면 면접관들도 좋아할 거라는 격려도 해주면서. 이런저런 이야기를 나누다가 손에 택시비도 쥐어 주셨다. 참으로 고마운 사람이었다. 그 덕에 수월하게 면접을 준비할 수 있었으니까. 준비한 대로 면접을 봤다. 그리고 그해 여름 오랫동안 갈구했던 보상을 받을 수 있었다. 최종 합격 메일을 받은 것이다. 간절함과 노력이 난생처음으로 결실이 되어 돌아온 것이다. 당연하게도 기뻐하며 생각했다.

고생은 이제 끝났다고.

사랑도 해봤습니다

최종 합격을 진심으로 축하드립니다. 메일을 확인하던 날, 부모님과 서로 안은 채 펑펑 울었다. 부모님은 미안하다, 장하다를, 나는 버텨주셔서 고맙다를 반복했다. 빚도 꽤 많이 갚은 상황이었기에 더욱 기꺼운 상황이었다. 인생에 그래프라는 게 있다면, 내 인생 곡선은 27년 만에 처음으로 상향 선을 그리기 시작한 셈이었다. 수습 기간임에도 통장에 찍히는 숫자는 살면서 난생처음 겪어보는 숫자였다. 그때부터 내 삶은 급격하게 변하기 시작했다. 평생 못 갚을 것만 같았던 집안의 빚이 눈에 보이게 사라졌다. 통장에는 돈이 쌓이기 시작했고, 새 차도 구매했다. 그전과 달리 시간적인 여유가 생겼고, 친구를 만나더라도 값싼 안주를 찾지 않아도 되었다. 계산도 너그러이 먼저 했다. 연애에 대한 생각도 바뀌었다. 그동안 해왔던 연애는 늘 고달프고, 애처로웠으며 끝이 찝찝했었다. 취업 한 달 전쯤 헤어졌던 친구와의 이야기도 그랬다. 2년을 만났는데, 그 긴 시간 동안 마땅히 해준 게 없었다. 그 전에 만났던 친구들과 마찬가지로 제대로 된 선물 한 번 해주지 못했다. 먼저 취업을 한 그 친구는 늘 계산을 해주었고, 바쁘다는 이유로 그 좁은 자취방에 틈틈이 찾아와 시간을 보내는 게 데이트의 대부분이었다. 그러다가 이별을 통보받았다. 씁쓸하게도 취업하기 딱 한 달 전이었다. 지치고 힘들고 외롭다는 게 이유였다. 한참 면접이니, 인적성이니 준비하느라 바쁜 시기였고, 미안한 마음이 너무 컸기에 잡아볼 생각조차 하지 못했다. 취업에 성공하면 다시 연락해 볼까 했었지만, 더 좋은 사람을 만나고 있어 그러지 못했다. 지금은 뭐 결혼도 하고 잘살고 있다지.

그렇게 시간은 흘러갔고, 나 역시 새로운 사람을 만나게 되었다. 그녀와의 첫 만남은 우연과도 같았으나, 아름답게 포장할 만큼 어여쁜 만남은 아니었다. 우리의 첫 우연이 일으켜진 곳은 평범한 장소가 아닌 '헌팅 술집'이라 불리는, 일렉트로닉 음악이 짱짱하게 흘러나오고, 수많은 남녀가 열정적으로 몸을 흔들며 적극적으로 자기 자신을 어필하는, 이성과의 만남이 주목적인 주점이었기 때문이다. 처음 가본 곳은 아니었다. 다만 그 주점에서 쥐꼬리만 한 결과물조차 만들어 본 적이 없었기에, 나에게는 처음이나 다름없는 주점이었다. 아마 평소라면 가지 않았을 거다. 가봤자 돈만 버리고 나오는 게 일상이었고, 무엇보다 성격상 여자한테 먼저 말 거는 일 따위는 절대 일어나지 않을 게 너무나도 뻔했었으니까.

그날은 이상했다. 왜 갔었던 걸까, 정확히는 기억나지 않는다. 친구놈이 고집을 부려서였던 거 같기도 하고, 끌려가는 척 하면서도 혹시나 모를 기대를 했었던 거 같기도 하고. 확실한 건 하나뿐이다. 제자리에서 쥐죽은 듯이 앉아만 있었다. 그러고 싶었던 건 아니었다. 친구가 데려온 여성분들에게 능숙하게 말을 건다든지, 아니면 먼저 말을 걸어보는 행동들은 마음만 먹으면 얼마든지 할 수 있었다. 다만 경험이 부족했다. 어설프게 하느니, 안 하는 게 낫다 생각했을 뿐이다. 진짜로. 하여간, 그렇게 간만 보고 있다가 그녀와 마주쳤다. 정확히 말하자면, 귀가를 필사적으로 바라지 않았던 친구가 그녀의 친구와 그녀를 우리 테이블에 데려온 것이다. 내 친구는 그녀의 친구에게 온갖 구애를 펼쳤다. 그녀의 친구는 그 끈적한 구애를 끝내 받아들여 사랑 비스무리한 것을 주점 내에서 나누기 시작했다. 손을 잡았다. 서로를 껴안았다. 잔만 부딪치면 되는데 입술도 부딪쳤다. 꼴사나운 모습이었다. 근데 더 꼴사나운 건 그 앞에 있던 나였다. 왜냐, 앞에서 기승전결 구성을 갖춘 하나의 이야기가 완성될 때까지, 나라는 놈은 단 한 번도 내 옆에 있던 그녀에게 말을 걸지 않았었기 때문이다. 이유는 단순했다. 부끄러웠다. 경험이 부족했다. 거기에 더해 이런 곳에서 만나는 여자는 다 까졌어라는 우스운 선입견까지 지니고 있었다. 그 당시의 나는 찐따였다. 근데 그것도 한계가 있더라. 눈앞에서 펼쳐지는 한 편의 불꽃놀이를 잠자코 지켜보고 있다가 결국 어색함을 참지 못하고 입술을 열어야 했다. 엄청난 용기를 내고서!

"많이 피곤해 보이세요."

확신한다. 그 한 마디는, 찐따가 건넬 수 있었던 최선의 한 마디였다. 걱정, 배려, 어느 것 하나 모자란 것 없이 담긴 멋진 말이지 않나. 그런데 최선이라 생각했던 것이 그녀에게는 최악이었는지, 그녀는 인상을 왈칵 구기며 대답했었다. 그쪽이 훨씬 더 피곤해 보인다고. 그 대답에 그녀보다 더 험하게 인상을 찌

풀릴 수밖에 없었다. 아무리 생각해도 나보다는 그녀가 더 피곤한 인상을 가지고 있었기 때문이다. 그렇게 우리는 내 친구와 그녀의 친구가 서로에게 질려 떨어질 때까지 티격태격하며 누가 더 피곤해 보이는지에 대해 설전을 나눴다. 이야기를 하다 보니, 정말 화가 나기도 했었다. 그녀 역시 화가 나 보였던 건 마찬가지였다. 지기 싫었다. 나를 죽돌이 취급하던 그녀에게 화가 나서 꿀밤이라도 한 대 먹여주고 싶었다. 그녀와 만난 첫날의 기억은 그게 전부였다. 당연하게도 그녀와의 인연은 더 이어지지 않으리라 생각했다.

우연이 인연으로 이어지는 데는 한 달도 채 걸리지 않았다. 그녀와의 두 번째 만남은 첫 번째 만남과는 전혀 다른 성격을 지녔었다. 소개팅과도 같은 자리였다. 친하게 지내던 여동생이 착하고 헌신적인 여성이 이상형이라 노래를 부르던 나를 불렀다. 이상형에 딱 들어맞는 여자를 찾았다고. 연락을 받자마자 곧장 연차를 썼다. 그리고 동생이 정해준 장소로 향했다. 당장에라도 책을 가져와 펼쳐야 할 것만 같은 조용한 분위기의 카페였다. 장소에 도착한 후에는 보기 드물게 당황했다. 헌팅 술집에서 봤던 그녀가 조신하게 앉아있었거고 나를 본 여동생은 생기발랄하게 웃으며 말했다.

"오빠가 원하던 신사임당 같은 여자야! 어때?"

나는 고개를 저으며 부정했다.

"신사임당보다는 신사에 가까운 거 같은데."

그녀는 발끈했다.

"뭐래, 이 씹선비가!"

여동생은 눈동자를 크게 뜨며 반색했다.

"뭐야, 둘이 아는 사이였어?"

그렇게 우리는 첫날처럼 티격태격하기 시작했다. 그런데 첫날과는 조금 달랐었다. 신기했다. 주고받는 대화는 분명히 보잘것없었는데, 이상하게 재밌었다. 그때 확실히 느꼈다. 이런 대화도 즐거울 수가 있구나, 이런 편한 분위기에서도 심장이 콩콩 뛸 수가 있구나. 그래서인지 호기심이 생겼다. 그녀 또한 나와 같은 생각이었는지, 우리는 급속도로 가까워지기 시작했다. 많은 걸 물었다. 많은 걸 대답했다. 때로는 사소한 이야기를, 때로는 진지한 이야기를 했다. 그러다가 보니, 어느새 다음 약속을 잡은 채였다. 그렇게 몇 번 만나다 보니, 우리는 죽이 잘 맞는 연인이 되어 있었다.

그녀와의 연애는 흔한 연애소설과 같았다. 다들 그러하듯이, 우리의 우연은 인연을 넘어 필연이 되었다. 드라마처럼 깊고 찐하게 사랑했다. 떨어지면 안 될 운명이 서로였던 것처럼 서로에게 의지했다. 언제나 함께였으며, 나란히 같이 누워 장밋빛 미래를 그리곤 했다. 그 당시에는 정말 행복했다. 풍요롭고 달콤한 시간의 연속이었다. 즐길 때는 즐기고, 모을 건 모으면서 여러 계획을 세웠고, 그 계획에는 그녀와의 결혼도 포함되어 있었다.

잃었고, 떨어졌습니다

아직도 생생하게 기억한다. 11월의 여느 날, 새벽 출근길. 공단 내의 가로등들은 고장이 났는지 불이 들어오지 않았었고, 그래서인지 유난히도 어두운 새벽이었다. 그때 처음으로 교통사고를 냈다. 신호등이 주황색을 나타낼 때, 조금 늦게 브레이크를 밟았다. 빨간 등이 켜졌을 때, 차는 횡단 보도에 닿기 전에 멈추었다. 그런데, 쿵 하는 소리가 났다. 소리를 느끼기 전에 차 오른쪽에서 무언가 떨어지는 것이 보였다. 심장에서 쿵 하는 소리가 났다. 사람을 쳤다, 큰일 났다, 어떡하지 등 여러 생각이 순식간에 교차하고, 손발이 사시나무처럼 덜덜 떨렸다. 비상깜빡이를 켜고, 덜덜 떨리는 몸을 이끌고 차 문을 열고 나갔다. 자전거와 함께 사람이 쓰러져 있었다. 쓰러진 분은 아주

머니였는데, 입에 거품을 물고 계셨다. 축 늘어진 몸, 생기가 없는 동공, 입에서 보글보글 올라오는 하얀 거품. 머리가 새하얗게 물들었다. 덜덜 떨리는 양손으로 그분을 붙잡고 애처롭게 '괜찮으세요' 만 열 번을 외쳤다. 난생처음 119에 전화를 했다. 무슨 상황이든 간에 살려야 한다는 생각과 뉴스에서나 보던 범죄자가 됐다는 생각이 교차했다. '인공호흡이라도 해야 한다.' 그런 생각조차 들지 않았다. 막상 상황이 닥치니, 이 비루한 몸뚱어리는 덜덜 떠는 것밖에 할 수 있는 게 없었다. 심장이 쿵쿵 뛰고, 호흡이 가팔라져 숨쉬기조차 힘들었다. 아주머니는 구급차에 실려가셨다.

이윽고 경찰과 보험사 직원이 현장에 왔다. 머리가 새하얘져 내가 무슨 말을 하는지 인지가 되지 않았다. 그 이후 상황은 순식간에 흘러갔다. 음주운전 여부를 체크하고, 경찰서에 끌려갔다. 블랙박스를 확인한 뒤, 진술서를 작성했다. 피해자분에게 유리한 진술도 했다. 사람을 해했다는 죄책감과 피해자분에게 무엇이든지 해주어야 한다는 생각이 앞서 있었고, 무엇보다 상황판단이 전혀 되지 않았었다.

그 순간부터, 아니 교통사고가 일어난 시점부터 인생이 급격하게 꼬이기 시작했다. 지금은 다행히도 완쾌하셨지만, 그 당시 피해자분은 혼수상태에 빠지셨고, 1년 가까이 깨어나지 못하셨다. 그리고 몰랐었다. 사고 당시, 자동차보험이 들어있지 않은 상태였다는 걸. 정말 우연히도 사고 전날이 보험 만료일이었다. 사실과는 달리 피해자분을 위해 해주었던 불리한 진술 덕에 과실 비율은 당연히 0대 100이었다. 사고 경위가 어찌 되었든 간에 내가 일으킨 사고이므로 당연히 모두 책임을 져야 한다고 생각했었다. 그 책임이라는 것은 생각보다 컸다. 상상했던 것을 훨씬 넘어서는 보상금액과 합의금은 내 인생을 송두리째 무너뜨리게 되었다. 아무것도 모른 채, 형사합의금으로 4,000만 원을 내주었다. 불리한 진술 덕분에 중대과실 범죄자가 된 나는 보험 처리를 하지 못했고, 모든 치료비와 손해보상비를 책임져야 했다. 그 금액은 최종적으로 1억 5천만 원을 넘기게 되었다. 순식간에 2억이라는 빚이 다시 생겼다.

나중에 안 사실인데, 그렇게까지 큰 금액을 부담하지 않아도 되는 상황이었다. 사고 당시 신호위반을 하지도 않았고, 횡단 보도를 침범하지도 않았었다. 어두운 밤에 검은색 복장과 검은색 비니를 착용하고 있으셨던 피해자분은 보이지 않았다. 초

록불이 되기 직전, 빠른 속도로 자전거를 타고 달려오다가 내 차에 부딪힌 상황이었다. 하다못해 자전거를 타고 횡단보도를 건넜다는 사실만 참작되었어도 0대 100은 아니었을 터였다. 그러니 12대 중대과실이 아니었던 점과 같은 이유를 세밀하게 따지고, 냉정하게 대처를 했었다면 내 잘못만큼만 책임지고 그만큼만 힘들어졌을지도 모르겠다. 하지만 그 당시에는 무지했고 겁이 많았다. 그저 혹시라도 나 때문에 누군가 죽지는 않을까 하는 죄책감에 괴로워했을 뿐이다. 눈을 감으면 사고 당시의 상황이 눈앞에 아른거려 잠도 제대로 자지 못했다. 당연히 도의적으로 모든 책임을 져야 한다고 생각했다. 그 결과는 2억이라는 빚이었다. 뒤늦게 '이거 너무 심한데.' 라고 인지했을 때는 이미 늦은 상태였다.

우연과 불운, 무지함 등등이 아우러져 내 인생은 송두리째 바닥으로 떨어졌다.

죽지는 못했습니다

2억이라는 빚과 사고 당시의 트라우마 때문에 다시 나락으로 떨어졌다. 죽고 싶었다. 몇 년 동안 잠도 제대로 자지 않고 이루어 낸 결과물들은 한순간에 모래성처럼 흩어져 버렸다. 이겨냈던 시련은 더 큰 시련이 되어 앞날을 막막하게 만들었다. 도저히 이겨낼 자신이 없었다. 삶은 피폐해질 대로 피폐해졌고 매일 술에 기대어 하루하루 수명을 연장할 뿐이었다. 솔직히, 실제로 죽으려고도 했었다. 주변을 정리하고, 당시 여자친구에게 결별을 통보했다. 정말 미친 듯이 사랑했었기에 그녀는 불행하지 않았으면 좋겠다 생각했기 때문이다. 그녀는 사정을 듣고 나서는 빚을 같이 갚자 했었고, 혹여 내가 안 좋은 생각을 할까 봐 사소한 부분들을 챙겨주었었다. 그래서 더 단호

하게 말했다. 헤어지자고. 그 어여쁨에 얼룩이 묻는 게 싫었다.

결국 우리는 헤어졌다. 마지막으로 그녀와 만나고 헤어질 때, 그녀는 그동안 고마웠다는 말과 함께 새끼손가락을 내밀었다.

"약속해. 너 지금 힘든 일 꼭 극복해 낼 거라고. 너도 꼭 행복해질 거라고."

여전히 모르겠다. 그녀가 무슨 생각을 하며 그런 말을 하면서, 새끼손가락을 강요했었는지. 확실한 건 하나였다. 그녀의 말 한마디가 심장에 비수처럼 꽂힌 덕분에, 30살이었던, 그때의 나는 아주 오랫동안 아주 펑펑 울었었다. 성남동 거리를 지나, 다리를 건너고, 수많은 사람을 지나치면서, 세상을 혼자 다 잃은 것처럼 목놓아 울면서 걷고 또 걸었다. 당장에라도 옥상에 올라가, 미련없이 몸을 내던지고 싶었다. 날붙이로 손목을 긋고 싶었다. 바다를 보면 누가 건져내지 못할 만큼 깊숙한 곳까지 가라앉고 싶었고, 쌩쌩 지나가는 버스나 트럭 같은 차들을 보면 몸을 부딪치고 싶었다. 하루에 적게는 수십 번, 많게는 수천 번씩 생각했다. 당장에라도 죽고 싶다고. 이제 그만하고 싶다고.

너무 지쳤다고. 구간 반복이 눌러진 누군가의 플레이리스트처럼, 미련이라는 줄을 놓으라는 다양한 유혹은 끊임없이 재생됐다.

돌이켜 생각해 보니 참으로 놀라운 일이다. 그렇게까지 간절하게 죽고 싶어 했는데, 지금까지 용케 살아있는 걸 보면 말이다. 죽지는 않았다. 마지막에 했던 약속만큼은 지키고 싶어서였는지, 죽을 만큼의 용기가 없어서였는지, 그 이유는 모르겠지만.

그래서 살았습니다

죽지 못했기에 살기로 했다. 이왕 사는 김에 최대한 발악해 보기로 했다. 그러기 위해서는 회사에서 받는 월급 말고 다른 수입원이 필요했다. 뭐라도 해야 했다. 대리운전을 생각했었는데, 운전에 대한 트라우마가 있어 시도하지 못했다. 내가 잘하면서, 돈이 될 만한 일이 무엇이 있을까 고민하던 중 우연히 한 가지 방법을 찾았다. 그것은 모바일 게임이었다. 거래소가 도입되는 오픈 필드의 알피지 모바일 게임. 남들은 즐기려고 하는 그 게임에 돈을 벌기 위해 진입했다. 그리고 생각보다 꽤 큰 수입을 얻을 수 있었다. 사실, 밥값이나 벌면 다행이라고 생각했었다. 원래 계획은 계정을 수십 개 만들어 돌리면서, 잡템을 팔아 현금화시키는 거였다. 야간 대학을 다닐 당시에 같은 방법으로 용돈을 짭짤하게 벌었던 기억 때문에 시작한 일이었다. 그런데 그렇게 진입한 게임이 막상 해보니 생각보다 더 큰 노다지였다.

우선, 사냥을 하며 얻는 아이템의 시세는 생각 이상으로 가격이 높게 형성되어 있었다. 많은 시간을 투자하다 보니, 남들은 눈치채지 못한 돈이 되는 정보를 알게 되었고, 몇 주일 동안 그 정보를 독점했다. 게다가 계정을 수십 개 돌리다 보니 수입도 꽤 많이 들어왔다. 게임을 시작한 지 2주일쯤 되었을 때 현금화시킨 금액이 이백만 원을 넘어 갔으니 노다지도 이런 노다지가 없었다. 수입의 반은 더 높은 수익을 위해 본 캐릭터에 투자했다. 생각보다 잘 풀린 덕에 돈 한 푼 쓰지 않고도 수백만 원을 게임에 투자한 사람들과 어깨를 나란히 하며 게임을 할 수 있었고 수익을 늘릴 수 있었다. 그러다 길드를 만들어 현질을 많이 하는, 큰손이라 불리는 사람들을 섭외했다. 정보를 공유해주는 대신 그들을 이용했다. 좋은 사냥터를 통제했고, 각종 보스와 아이템을 독점했다. 길드장이라는 지위를 이용해 수익을 늘려가면서도, 세를 불려 나갔다. 남들에게는 유흥거리였을지 모르겠으나 그 당시의 나에게는 생존 수단이었기에, 본업보다 게임에 더 미친 듯이 몰입했다. 합치면 팔십이 넘는 수의 보스몹의 리젠 시간을 관리하며 독점했다. 100여 명이 넘었던 연합원 중 참여 기여도를 계산하여 일주일마다 아이템 판매금을 분배하고 정산해 주면서 연합을 운영했다. 이때 첫 직장에서보다 엑셀 작업을 열심히 했던 걸로 기억한다.

그러다가 한계에 도달했다. 아이템의 시세는 조금씩 떨어졌고, 게임에서 발생한 수익만으로 캐릭터를 키우다 보니, 어마어마한 돈을 투자하는 사람들과 격차가 벌어지기 시작한 것이다. 이를 이상하게 여긴 몇몇은 무슨 안 좋은 일이라도 있느냐고 물어왔다. 계속 위에서 군림하던 사람이 어느 샌가부터 조금씩 추락하고 있으니, 다른 이들이 날 이상하게 여기는 건 당연한 일이었다. 아무렇지 않은 척했지만 한계는 명확해지고 있었고 무엇보다 수입까지 크게 줄어들고 있었기에 게임을 접고 다른 일을 알아봐야겠다고 생각했다. 그 무렵, 길드원들의 요청에 따라 서울에서 정모를 개최했다. 그 자리에서 사정을 밝히고 게임을 접어야겠다고 마음먹었다. 정모에서 만난 사람들은 나와 다른 세계에서 사는 사람들이었다. 유명 게임 BJ들, 건설회사 사장, 강남 의료업 사장, 하다못해 가게 하나씩은 가지고 있는 사람들. 내 몇 달 치 혹은 몇 년 치 월급을 게임에 투자해도 삶에 지장이 없는 사람들이었다. 이 또한 지금까지의 현실과는 매우 다르게 우습고 기가 막힌 현실이었다. 살고자 게임을 시작한 놈이 그런 사람들을 통제하고 관리를 하고 있었다니. 직접 그런 사람들을 만나고 나니 그런 생각이 들었다.

'과분한 자리였고, 이 영광도 오늘 자리로서 끝나겠구나.'

온라인상에서 친하게 지내던 분들에게 시원하게 사정을 밝혔다. '이런 사정으로 게임을 하다 이렇게까지 되었다. 나름 즐거운 시간이었는데, 한계가 와서 그만두어야 할 거 같다.' 허심탄회하게 모든 걸 밝혔다. 술이 들어가다 보니 구구절절 지난 삶에 대해 이야기도 하게 됐다. 이게 또 새로운 기회로 다가오게 됐다. 그동안 길드 운영을 효율적으로 해왔던 점이라든지, 나라는 사람에 대해서라든지, 여러 면으로 나를 주시하고 있던 사람들이 있었다. 그들은 오락에 돈의 크기를 고민하지 않고 쓸 수 있는 사람들이었다. 어쩌면, 그 사람들에게 있어 나라는 놈은 호기심이 가는 오락거리 중 하나였을지도 모른다. 뭐, 어찌 됐든 간에 그날을 기점으로 새로운 기회를 부여받을 수 있게 됐다. 그 사람들에게 여러 가지 제안과 지원을 받게 된 것이다.

- 계속 길드를 운영해주면 여러 방면에서 지원을 해주겠다.
- 보수를 지급할 테니, 자신이 게임을 못할 때 자신의 캐릭터를 키워달라.
- 업계 경력자와 동등하게 대우해 줄 테니, 유튜브에 올릴 자신의 영상을 편집해달라.

처음 얼굴을 맞댄 사람에게 할 만한 수준을 한참 넘어선 제안들이었다. 이해가 가질 않으면서도 그동안 잠도 안 자고 몰입한 성과를 인정받은 거 같아 기쁘기도 했다. 그들에겐 한낱 유흥이었을지언정, 내게는 거부하기 힘든 유혹이었으며, 기회였다. 죽기 살기로 기회를 살리고자 했다. 잠을 하루에 한두 시간씩만 자면서 본업을 하는 중에도 게임에 관여했고, 퇴근 후에는 컴퓨터 앞에 뿌리를 내렸다. 백여 명이 넘는 인원을 관리하면서, 주말이면 서울에 올라가 길드 사람들을 만나 같이 게임을 하고 시간을 보냈다. BJ들의 영상을 8분 언저리로 편집하는 일도 열심히 했다. 방송부 경험이 있어서일까. 시청자들의 니즈를 나름 정확히 파악하는데 소질이 있었다. 댓글에 조금씩 편집자에 대한 긍정적인 반응이 올라오기 시작했고, 그와 동시에 일거리도 늘어가기 시작했다. BJ들의 인맥은 생각 이상으로 넓었다. 덕분에 내가 하던 게임 말고도 다른 대형 BJ들의 영상을 편집하기도 했다.

동화 속에 들어온 것처럼 꿈같은 나날들이 계속되었다. 몸은 조금씩 녹초가 되어가고 있었지만 수입은 늘어갔다. 게임으로 버는 금액, 지원받는 돈, 편집으로 인한 추가적인 보수, 그리고 전쟁이라도 이기는 날이면 용돈까지 받았다. 특근을 하지 않아도 월급보다 많은 돈이 들어왔다. 주말이면 서울에서 올라가 편집을 끝낸 후 분에 넘치는 시간을 보냈다. 평생 보지 못할만한 사람들과 어울리다 보니, 나 역시 대단한 사람이 된 것만 같았다. 일을 그만두고 서울로 상경해도 되겠다고도 생각했다. 적당한 인맥을 골라잡아 그 밑으로 들어가거나, 편집만 해도 제법 괜찮은 삶을 영위할 수 있을 것만 같았다.

안타깝게도 달콤한 시간은 지속되지 않았다. 동화에서처럼 행복한 결말을 맞이하지도 못했다. 사람이 많이 모이다 보면 의견이 갈리게 되고, 파벌이 나누어지게 된다. 돈이 오고 가는 게임은 더더욱이 그러했다. 내가 운영하던 연합은 갈라지고 나누어졌다. 어떻게든 화합을 도모하고 갈등을 줄여보려 노력했지만 소용이 없었다. 나라는 놈이 지닌 영향력을 잠시 믿었으나, 자수성가했던 초반과 달리, 여러 물질적 지원을 받는 처지였던 지라 영향력이 남아있지 않았다. 사람 됨됨이가 어떻든 간에, 나라는 놈은 돈을 받으며 게임을 하는 놈이었고, 돈을 쓰며 게임을 하는 사람들에게 알게 모르게 무시를 당할 수밖에 없었다. 이때 확실히 깨달았는데, 그들에게 있어 나라는 사람은 한낱 오락거리 그 이상 그 이하도 아니었다. 그 당시에는 인지하지 못했었지만 말이다. 결국은 여러 사람과의 인연이 끊어졌다. 내 의사와는 상관없이 누군가에게 속해있다는 이유 하나로 말이다.

결국 많은 사람에게 배신당했다. 파벌이 나누어짐에 따라 받던 지원은 하나둘 끊기기 시작했고, 어느샌가 돈만 밝히는 사람이 되어 있었다. BJ들과도 자연스럽게 세력이 갈라져, 편집 일거리도 모두 끊겼다. 구독자와 조회 수를 조금이라도 늘리기 위해 밤을 새워가며 같이 고민하고 수정하며 영상을 만들었지만, 그들은 내게 지원을 해주는 사람이 자신들의 적이라는 이유만으로 연을 끊었다. 내가 얼마나 그들을 위해서 시간을 투자하고, 영혼을 갈아 넣었는데. 몰려오는 배신감에 치가 떨렸다. 하지만 부들부들하며 분해해봤자, 할 수 있는 건 아무것도 없었다. 사람에 대한 환멸감이 몰려왔다. 사실, 게임을 계속했다면 어느 정도의 수익은 유지했을지도 모른다. 하지만 사람에 대한 환멸감과 그리 오래가지 않을 것으로 보였던 게임의 수명 등 여러 이유로 오랫동안 몰입했던 게임을 접기로 했다.

그때가 31살, 가을이 끝나 갈 무렵이었다.

살아남긴 했는데, 공허했습니다

그해 겨울, 지난날을 돌아보는 시간을 가졌다. 힘겹게 쌓았지만 무너져 버린 모래성처럼 손에 잡히는 게 없는, 그 누구보다 치열하고 열정적으로 몰입했던 순간들이지만 지나쳐 보니 아무것도 남지 않은, 그런 시간이었다. 그러던 중 거울을 봤다. 20대 초반부터 잠을 극한까지 줄이다 보니 눈 밑의 음영은 짙어질 대로 짙어져 있었고, 어느샌가 세월의 흔적이 덕지덕지 묻어 있었다. 면도를 해도 수염 자국은 사라지지를 않았고, 피부는 탄력을 잃었으며 생기가 가득하던 눈가에는 칙칙함만이 가득했다. 불편했다. 그렇게 치열하게 살아왔건만, 기껏 얻은 건 어느새 칙칙해진 외모뿐이었으니. 물론 무작정 헛되었던 시간은 아니었다고도 생각했다. 어릴 때부터 꾸었던 꿈이나 부와 권력 같은 성공은 쟁취하지 못했지만, 집안을 안정시켰고, 자리를 잡았으며, 인생을 포기하지도 않고 2억이라는 빚을 갚아낸 데다가, 미약하게나마 시간적, 금전적인 여유도 생기기 시작했었으니까. 빚에 허덕이며 마음을 졸이지 않아도 됐고, 늘어지게 잠을 자도 됐다. 어렸을 때 이후로 처음으로 맞이하는 치열하지 않은 여유로운 상황이었다. 게임을 접은 후 두 달가량은 그 여유로움을 즐겨 보았다. 퇴근 후, 다음 출근 시간까지 늘어지게 잠도 자보고, 못 만났던 지인들과 만나 떠드는가 하면, 하고 싶은 게 생기면 곧장 해보기도 하면서. 지금부터라도 남들만큼 여유를 가지고 즐기면서 살아야겠다는 생각이 들었고, 실제로 그러한 시간을 보냈다. 바쁘다는 핑계로 피하던 지인들과 만나 술을 마시고, 주말이면 공을 차고 즉흥적으로 여행도 다녔다. 그런 여유로운 시간을 얼마나 만끽했을까. 그저 그렇게 지내다가 문득 한 가지 불편한 의문을 품게 됐다.

'왜 이렇게 속이 공허하지?'

아무리 고민해도 쉽사리 풀리지 않는 답답한 의문이었다. 분명히 얼굴은 웃고 있는데, 마음속 어딘가는 늘 공허했고, 그 빈 공간은 메꿔지지 않았다. 이 힌트 없는 수수께끼 같은 의문에 대한 정답은 32살이 되어서야 알 수 있었는데 그 정답은 생각보다 단순했다. 열심히 살아왔지만 정작 제대로 이룬 건 하나도 없어서, 또한 성공이라 할 만한 것은 아직 쟁취해내지 못해서, 즉 해소하지 못한 갈증이 남아있던 것이다. 어쩌면, 투자한 노력에 비해 얻은 게 별로 없다는, 나만 가지고 있는 피해의식이었을지도 모르고.

문득 떠올랐던 의문과 그에 대한 정답은 제세 작동기라도 됐는지, 어느 날부턴가 잠잠하던 내 심장을 쿵쿵 뛰게 만들었다. 무언가 하고 싶긴 한데, 해야 할 거 같기도 한데, 무슨 일을 해도 예전처럼 즐겁지 않은, 아무리 웃어도 행복하지 않은 것만 같은 기분이 지속되는, 그런 이상한 나날이 계속됐다. 분명히 그 어느 때보다 여유로워졌음에도, 매 순간 숨이 턱턱 막혀오는 기분이었다. 깊은 곳에서 우러나오는 갈증, 채워지지 않는 공허함에 점차 조급해지기 시작했다. 당장 뭐라도 하지 않으면, 목표를 세우고 움직이지 않으면 우울증에 걸려 폐사할 것만 같았다. 뭐라도 하기로 했다. 취미든, 부업이든, 무엇이든 간에 목표를 세우고 열정을 불사 지를 수 있는 무언가를 찾기로 한 것이다. 그렇게 결심만 했을 뿐인데, 거짓말처럼 숨이 다시 쉬어지기 시작했다.

할 수 있는 게 뭐가 있을까. 뭘 하면 성공이라는 것을 쟁취할 수 있을까. 그런 고민을 하는 것만으로도 심장이 세차게 요동침을 느낄 수 있었다. 열정이 다시 생겼기 때문일까. 얼마 가지 않아, 꽤 괜찮은 목표를 세울 수 있었는데, 그 목표는 웹소설로 성공하기였다. 여러모로 매력적인 목표였다. 원래부터 상상의 나래를 펼치고 무언가 끼적이기를 좋아했던 나에게 알맞은 취미이면서, 잘만 하면 여태 벌었던 돈 이상을 벌 수도 있는, 재미와 수익을 동시에 잡을 수 있는 알짜배기 목표. 예전 장래 희망은 영화감독이었는데, 웹소설은 영화와 같이 직접 상상하고 만들어 낸 캐릭터와 스토리를 남들에게 보여줄 수 있어 더욱 좋았던 것 같다.

웹소설을 무작정 끼적이기 시작했다. 그랬는데 어느새 그 기간이 벌써 3년이 다 되어간다. 첫술에 배부를 수 없다는 말이 있듯이, 주먹구구식으로 연재를 시작한 이래 열 번이 넘는 실패를 경험했지만, 그래도 무언가 하고 싶은 걸 하고 있다는 만족감 때문인지 포기하지 않고 즐기면서 하고 있다. 요새는 벌이도 제법 쏠쏠해졌다. 한 달에 50만 원도 못 벌거나, 수익을 발생시키지 못했던 날이 대부분이었던 예전과는 달리, 지금은 월급에 가까운 수익을 내기도 하고 있으니까. 아, 그렇다고 해서 웹소설로 성공하기라는 목표를 완전히 이뤘다는 건 아니다.

왜냐, 내 목표는 지금처럼 용돈 벌이나 하는 수준이 아닌 유퀴즈 같은 프로그램에 나올 만큼의 스타 작가가 되는 것이기 때문이다. 이를 들은 주변 지인들은 하나같이 묻곤 한다. 소설 쓰더니, 현실과 소설이 구분되지 않느냐고, 그게 가능할 거 같냐고. 그 물음에, 나는 늘 확신에 찬 목소리로 대답한다.

당연한 거 아니냐고. 안되면 뭐 어떠냐고.

대답을 들은 이들은 벙찐 표정을 짓고, 나는 그러한 모습들을 보며 말 못 할 만족감을 느끼곤 한다. 목표가 있다는 거, 실패를 겪어 봤지만 아직 성공하지 못한 나 같은 사람한테는 생각보다 괜찮은 일이더라고.

저는 저대로 살기로 했습니다

아무리 목표를 거창하게 세운다 한들, 그 목표가 반드시 그럴듯한 결과로 귀결되리라는 법은 없다. 꿈을 가지긴 했었으나, 이루지는 못했다. 성공을 쟁취하고 싶었으나, 실패만을 잔뜩 경험했다. 물방울로 돌에 구멍을 내고 싶었지만, 정작 구멍이 생긴 곳은 통장과 비어있는 옆자리뿐이다. 비교적 최근에 세웠던 목표 또한 여태 겪었던 양상과 비슷하게 흘러가고 있다. 수익을 발생시키긴 했지만 원하는 만큼의 인기는 끌지 못하고 있다. 웹소설로 돈을 복사하고 싶은데, 정작 복사된 건 피부 위에 그어진 주름살뿐이다. 내 인생에 있어 목표란 늘 그런 느낌이었다. 아무리 거창하게 세워봤자, 결과는 보잘것없는, 허무맹랑하기만 한 그런 것. 돌이켜 보니 참으로 슬프다. 이쯤 되면 뒈지게 재수 좋은 일도 하나 일어날 법한데, 그런 일 만큼은 절대로 일어나질 않으니.

뭐, 그렇다고 해서 마냥 슬프기만 하다는 건 또 아니다. 요새는 나름 즐겁게 지내고 있기도 하다. 몰두할 거리도 많아졌다. 목표가 정말 많이 생겼는데, 그중에서 한 가지만 꼽자면, 유튜브 채널을 하나 직접 개설하여 번창시키는 것이다. 어설프긴 하나 준비는 차곡차곡 되어가고 있다. 시장 조사를 통해 시청자들에게 공감을 일으킬 만한 소재를 정했고, 나랏돈을 따내 공짜로 운영할 수 있게 됐으며, 열정 넘치는 청년들을 섭외하여 팀을 이루는 데까지 성공했다. 목표는 구독자 100만 명과 그에 따르는 막대한 수입이다. 이를 들은 지인들은 말하곤 한다.

"지랄하고 있네."

"그게 되겠냐? "

사실 나도 그렇게 생각한다. 유튜브 채널을 아무리 잘 운영한다 한들, 100만 유튜버가 되는 일 따위는 일어나지 않을 거다. 근데 뭐, 어쩌라고. 하고 싶어서 한다는데. 남이 뭐라 하든간에 평소처럼 회사에 다니다가, 퇴근 후에는 글을 쓰거나 팀원들과 유튜브 채널을 번창시키기 위한 회의를 할 거다. 촬영이나 편집 따위도 반복해서 할 거다. 여태의 나는 그랬으니, 앞으로도 그럴 거다. 멈출 생각 따위는 없다. 아무리 성공이 보장되지 않았다 한들, 지금 하고 있는 건 하고 싶어서 하는 일일 뿐이니까. 실패해도 괜찮다. 세운 목표가 으스러져 더 이상 목표가 아니게 되더라도 괜찮다. 지금 당장 몰두할 수 있기만 하면 된다. 이에 대한 근거는 지난 날들이다. 경험상 재수가 더럽게 없으면 몰두조차 하지 못하는 순간이 오더라.

그래서, 나는 그냥 나대로 살기로 했다.

하고 싶은 게 생기면 하고, 몰두할 수 있을 때 몰두하고 하다 못해 사랑을 하고 싶어지면 그때 사랑을 하겠노라. 그리 생각하면서 살기로 했다.

제 나름 돌이켜봤습니다

돌이켜봤을 때, 자신 있게 말할 수 있다. 누군가와 길은 달랐을지언정, 누구보다 처절하고 치열하게 생존하고자 노력해 왔다고. 내게만 유난히 가혹한 것만 같은 두터운 바위를 뚫어 보고자 동원할 수 있는 모든 수를 동원하며 발악해 왔다. 하지만 청춘 시절부터 지금까지 꾸준히 물방울을 떨어뜨리고 있음에도 불구, 뚫어야 할 바위는 아직 굳건하며 구멍이 나려면 까마득하기만 하다. 냉정하게 나에 대해 평가하자면, 34살이라는 나이가 되도록 결혼자금조차 못 모은 패배자라고도 할 수 있다. '모진 시련들을 많이 겪어서 그래!' 라는 변명을 대더라도 남들보다 뒤처져 있는 게 현실이다. 이는 지인들(나처럼 인생이 꼬이지 않은 동갑내기 혹은 비슷한 나이대의 남자)

만 봐도 알 수 있는데, 그들 대부분은 나보다 돈을 많이 모았거나, 보금자리를 마련하고 가정을 이루는 등, 나보다는 앞선 모습을 보여주고 있다.

반면에 나는 또 시작한다. 계획대로라면 최소 2년에서 3년은 또 고생해야 남들과 같은 선에 설 수 있을 것이다. 전만큼 비참하고, 절망적인 상황은 아니지만, 여전히 막막한 상황인 것 또한 사실이다. 그럼에도 여전히 물방울을 바위에 떨어뜨리는 걸 포기하지 않고 있다. 사람은 처맞아야 정신을 차린다더니, 온갖 시련을 겪다 보니 깨달은 게 있기 때문이다. 제자리에서 발걸음을 내딛지 않으면 나아가지 못한다. 나아가지 않으면 다음은 없다. 그 다음이 모질고 쓰라린 깊은 구덩이 속일지도 모른다. 그러면 나아가 구덩이를 헤쳐 나와 다른 다음을 보면 되는 일이다. 나아가면서 내일을 계속 보다 보면 언젠가는 원하는 내일을 맞이할 수 있을 테니.

성공을 위해 나아가고자 하는 것은 좋다. 그러나 세상에 무턱대고 충동적으로 달려들지는 않았으면 좋겠다. 세상은 당신이 생각하는 것 이상으로, 잔인하리만치 현실적이고 지독하다. 그렇지 않다면 좋겠지만, 혹시라도 당신에게까지 못된 짓을 일

삼을 수도 있다. 내가 아닌 다른 이유로 이 또한 이리 치이고 저리 치이며 방황하게 될지도 모른다. 운이 좋은 몇몇을 제외하고는 무작정 달려가기만 하다 성공은커녕 실패만을 곱씹을 가능성도 있다. 그러니 뛰어들기 전에 각오를 하고, 준비를 하면 조금 더 낫지 않을까 싶다. 풍요로워 보이는 저 너머만 바라보지 말고, 당신이 지나가야 할 길이 얼마나 뜨겁고, 숨쉬기 힘들지에 대해서 한 번쯤은 생각해 봐도 좋을 거 같다. 미래에 도달했을 때의 달콤함만을 망상하지 말고, 어떻게 해야 덜 아프고, 덜 힘들게 나아갈 수 있을지 끝없이 고민하는 것도 나쁘지 않을 거 같다. 그러면 조금은 더 수월하게 앞으로 나아갈 수도 있지 않을까?

사람 인생이라는 게 한 치 앞도 알 수 없는 것이기에, 이 글을 읽는 누구에게나 너무 아파서 견디기 힘든 시기가 올 수도 있다. 어쩌면 이미 그런 시기일 수도 있고. 그렇다면 움직여야 한다. 제자리에서 발걸음을 내딛지 않으면 아무것도 변하지 않는다. 절망하는 건 상관없다. 눈물을 쏟으며 우는 것도 상관없다. 다만, 완전히 주저앉아 버리면 그때는 좀 많이 힘들어질 수도 있다. 그러니 모든 걸 포기하고, 자신을 놓기보다는 움직여

봤으면 좋겠다. 발걸음을 내딛고 손을 저어봤으면 좋겠다. 조금 더 나은 순간은 그래야만 오는 것 같더라.

이렇게 살았던 나는 나대로 살 거다. 뭐, 그래도 마지막이니까 가볍게 바라본다. 이 글을 읽고 있는 당신이, 당신대로 어떻게 살든 간에 조금은 덜 아프게 나아가기를.

Korean
Youth
Day

대한민국 그냥 보통 청년 이 혜 영

내 꿈은 게으른 사람

매콤한 인생이지만 이마저도 즐겨보렵니다.

어쩌겠습니까.

세상은 제가 어떻게 할 수 없는데요.

그냥 사는 듯 하지만 이미 머릿속엔 계획이 다 있습니다.

제 몸 안엔 작은 아이가 기생하고 있어요

나의 몸속엔 장기 숙박 중인 작은 아이가 있다. 기분이 좋으면 춤을 추고 힘들 땐 괴로워 몸부림을 치는 이 아이, 너 도대체 누구니?

소화가 되지 않는다. 집안 내력이긴 하지만 위장이 약한 탓에 조금만 스트레스를 받아도 바로 티가 난다. 집에는 늘 소화제가 5분 대기조처럼 줄지어 있다. 그날은 더욱 심했다. 일이 많이 밀려있었고 체력적으로도 힘들었다. 먹는 족족 체하고 유달리 명치가 답답하게 느껴지는 날이었다. 커다란 공 하나가 명치에 꽉 막혀 죄어오는 느낌. 소화제를 먹어도 좀처럼 내려가질 않고, 10개의 손가락을 모두 따봤으나 소용이 없었다. 정리되지 않는 일, 한없이 틀어지는 일 덕에 예민함은 상승 곡선을 그리며 뻗어 올라가고 있었다. 참고 또 참다 결국엔 목 놓아 사정 없이 울어버렸다.

"내가 무슨 부귀영화를 누리려고 이러고 있는 거지?"

이렇게 울어본 적이 얼마 만이었던가, 한참을 울며 그동안의 설움을 토해낸 후에야 명치 사이에 단단하게 있던 무언가가 작아지는 것이 느껴졌다. 그리고 뭔가가 보이기 시작했다. 크기는 작지만 나와 똑같이 생긴 사람의 형체, 나와 똑 닮은 그녀는 웅크리고 있다가 기지개를 켜며 나에게 말했다.

"야, 진짜 답답해 뒈지는 줄 알았네. 그렇게 살고 싶냐?"

갑자기 들려온 날 선 목소리에 조금은 놀랐지만 이내 평정심을 찾았다.

"아, 미안. 답답하고 힘들었겠다. 그런데 누구세요?"

내 몸 안에는 다양한 세포, 장기들이 하숙 중인가 보다. 그중 가장 독특하게 하숙비를 내고있는 녀석이 있다. 명치 어딘가에 불법점거 중인 요녀석. 내가 평화롭고 안정적으로 생활할 때는 쥐 죽은 듯이 조용하게 지내다가, 스트레스를 받거나 무언가를 참고 있을 때는 몸을 있는 힘껏 부풀리거나 제자리 뛰기 등 온갖 방법을 동원해 자신의 존재감을 확실하게 보여준다. 하숙비를 아픔으로 돌려주다니.

"또 참고 있냐? 그냥 확 들이받아 버려!"

이 깐족스러운 녀석을 '헤롱이'라고 부르기로 했다.

"이거 좀 부탁해도 괜찮을까?"

"물론."

"이것 좀 도와줘."

"좋아."

거절하는 방법을 모르는 미련한 사람이었다. 나의 일은 뒷전, 지인들의 부탁에는 솔선수범 나섰다. 나의 도움으로 앞으로 나아가고 성장하는 지인들의 모습이 뿌듯하고 좋았다. 하지만 정신 차려 보니 그들의 일 일부를 당연스레 내가 하고 있었다. 보상이 있냐고? 아니 전혀, 땡전 한 푼도 없다. 그 공은 지인들의 것이었다. 그럼에도 내 것인 듯 열심히 했다. 수일이 지나 나에게서 단물을 쫙 빨아들인 그들은 뒤도 안 돌아보고 멀리 가버렸다. 혼자 남아 마음 쓰고 애쓰며 끙끙 앓는 것, 그 상처는 결국 나의 몫이었다. 스트레스가 쌓이고 잦은 야근, 불규칙한 식사 덕에 남은 건 소화 불량, 몸은 아프고 정신은 혼미해져 갔다.

"어우, 이번 달 하숙비는 더 얹어서 주려나?"

조금만 기다리라고, 곧 끝날 거라고 혜롱이를 어르고 겨우 달래며 그녀가 힘들단 걸 알면서도 한참을 외면했다.

"어휴, 이젠 나도 몰라. 네가 알아서 해."

한숨을 쉬며 말하곤 허탈하다는 듯이 뒤돌아 처음 만났던 공 안으로 조용히 들어갔다. 잔뜩 야위어 뼈만 남아 이젠 움직일 힘도 없다는 듯 앙상한 몸을 웅크리곤 등을 보인 채 깊은 잠에 빠졌다.

아, 맞다 있을 때 잘하라고 했는데.

거울을 통해 본 나의 얼굴은 혜롱이와 다를 것이 없었다. 초점 없는 눈, 푸석한 얼굴에 웃음기 없는 얼굴. 이 모든 것이 남의 일로 인한 결과물이라는 사실에 어이가 없고 황당했다.

그동안 얼마나 힘들게 나를 갉아 먹으며 생활했던 걸까?

늘 하던 일이 아닌 새로운 일에 정신을 놓은 사이, 내가 잊고 있었던 것이 있었다. 보람 하나로 살아가기엔 이미 때 묻었고, 세상은 험난하고 잔인하다는 것을. 혜롱이가 사라지자 이내 길을 잃었다. 어떤 일을 해도 노잼 그 자체다. 현실에 안주하며 무의미하게 하루를 보냈다. 그저 하루를 사고 없이 무사히 보냄에 의미를 두며 몇 달을 그렇게 보냈다. 이렇게 살면 안 된다는 것을 머리로는 이해했으나 몸은 따라 주지 않았다. 아무것도 하기 싫은데, 또 이렇게 불안하게는 죽어도 못 살겠다. 혜롱이가 없는 이혜영은 혼자서는 아무것도 하지 못하는 인형과도 같았다.

혜롱이는 평생을 함께할 삶의 일부였던 것이다. 밝은 미래와 꿈 그리고 더 나은 삶을 위해서는 그녀가 꼭 필요하다. 혜롱이를 공에서 꺼내어 넓은 세상과 빛을 함께 보며 미래를 그리고 싶다. 행복하고 싶다, 성공하고 싶다. 혜롱이를 꺼내기 위해 설득을 시작했다.

"미안, 앞으론 너와 나 둘 다 돌보며 살아갈게."

"나를 위해 살아 볼게."

"남보다는 내가 우선! 이거면 될까?"

어림도 없다. 어디 한 번 당해보란 듯 혜롱이는 말을 걸수록 안으로 들어갔다. 여기서 포기할 순 없다. 어떻게 해서든 혜롱이의 마음을 돌려 놓을 것이다. 머리는 이럴 때 쓰라고 있는 건데, 좀 써보라고!

끼니를 거르지 않겠다. 늘 일이 우선이라 끼니를 챙기지 않았고 간헐적 폭식과 위염으로 속이 불편했다. 인생에서 밥 먹는 시간은 그리 중요하지 않았었다. 하지만 '지나간 끼니는 되돌아오지 않는다'는 외할머니의 말씀에 따라 매끼를 챙겼고, 인스턴트가 아닌 건강한 식단으로 챙겨 먹기 시작했다. 밥을 먹으니 힘이 났다. 아, 살도 쪘다. 이건 계획된 것은 아닌데 말이다.

남을 신경 쓰지 않기로 했다. 나는 '착한아이증후군' 중증 환자다. 쉽지는 않겠지만 20여 년 앓았던 그 병을 치료하기로 마음먹었다. 무조건 나를 1순위를 두고 움직이기로 했다. 놀라운 변화가 일어났다. 거절하지 못해 억지로 일을 끌고 가지 않고 부정적인 감정이 생기지 않아 상대를 편안하게 대할 수 있다. 오히려 좋다. 솔직한 사람이 된 것만 같다. 혜롱이는 이제야 뒤돌아 나를 멀리서 지켜보기 시작한다. 그녀가 빨리 나의 곁으로 돌아왔으면 좋겠다.

건강한 사랑을 시작했다. 내가 무너지거나 길을 잃었을 때 우직하게 옆에서 버텨주고 지켜주는 고마운 사람. "대단해!", "최고야!" 칭찬을 아끼지 않는 다정한 사람. 남자친구 앞에서는 '착한아이증후군' 이런 거 다 필요 없다. 그가 나를 미워할까 노심초사하지 않아도 된다. 무조건 솔직하게, 좋고 싫음을 확실하게, 표현하더라도 있는 그대로의 나를 사랑해 주며 아껴준다. 나 또한 상대를 존중해 주며 후회 없이 사랑하려 노력하는 중이다. 나의 노력이 가상했을까? 아님 남자친구가 마음에 들었나? 결국 혜롱이는 천천히 걸어 나와 모습을 비춰줬다. 다행이다. 이제 행복할 날만 남은 거 맞겠지?

여전히 치켜뜨고 보고 있는 저 도끼눈, 나를 보고 있음이 분명하다. 답답하다 싶으면 몸을 있는 힘껏 부풀리며 하숙비를 충당하기 위해 노력하고 있다. 그녀는 여전히 신호를 주느라 바쁘다. 그렇지만 이전보다는 지내던 공간이 넓어졌으며 표정, 몸짓 또한 자유롭고 편안해 보인다.

헤롱이와 나는 평생의 단짝이 되기로 했다. 무언가를 할 때 혼자가 아님을 생각하고 또 생각한다. 그녀가 나에게 힘을 실어 주는 만큼 그녀에게 힘이 되어 주고 싶다.

사람은 변하지 않는데, 내가 불리할 땐 또 변하던데?

도무지 세상에 믿을 말이 없다. 남이 아닌 나를 위해, 일도 중요하지만 적어도 나 자신을 갉아먹으면서까지는 하지 말자. 오늘도 그녀와 나를 지키기 위해 필사적으로 노력하고 있다.

"헤롱씨, 아무리 공존한다지만 내 남자까지 탐내는 건 좀 아니지 않아?"

밉지만 고마워 혜영

늦은 밤, 차를 끌고 집에 돌아오는 길이었다. 차 한 대 정도 간신히 지나갈 듯한 좁은 골목길, 맞은편에서 오는 택시가 한 골목 뒤에서 차를 옆에 세우고 내가 지나가기를 기다리고 있었다. 조심스레 그 택시를 지나며 고맙다라는 의미로 비상 깜빡이를 켜곤 창문을 내려 '감사합니다' 라고 인사를 했다. 굳이 인사까지? 아무리 생각해도 내가 변한 듯하다. 내가 이렇게 친절한 사람이었나?

삶은 불행하고 고달프다고 생각했다. 어떠한 일을 해도 순탄하게 넘어가는 사람들이 있다는데, 나는 온갖 시행착오를 다 겪어야 겨우 그들을 따라잡을 수 있었다. 굳이 겪지 않아야 할 일들, 굳이 일어나지 않아도 될 일들은 꼭 나에게만 일어나는 듯했다. 대학 생활 1년 반 정도를 함께 동고동락했던 친구는 "너랑 살면 심심한 날들이 없을 거 같아", "매번 새로워", "제발 혜영아." 이런 말들을 밥 먹듯이 했다.

대학교 실습 시간 '틀니'를 제작하는 수업이었다. 나는 치기공학과 출신인데, 알코올 램프에 불을 켜 놓고 직접 만든 잇몸에 인공치아를 배열하고 있었다. 친구가 부르길래 잠깐 고개를 돌린 순간 순식간에 머리카락이 홀라당 타버렸고 강의실 안은 순식간에 오징어 굽는 냄새로 가득 찼다. 너무 창피한 나머지 그대로 강의실을 탈출하고 말았다. 눈썹, 앞머리를 태우는 경우는 있어도 머리카락이 홀라당 타는 경우는 단 한 번도 없었다. 이러한 사건은 덤벙함과 부족한 조심성 덕이겠지만, 주변이 항상 어수선했다. 아니 그냥 내가 어수선했다.

대학교를 졸업하고 멀쩡하게 다니던 직장을 때려치웠다. 많은 이유가 있었겠지만 제일 큰 이유는 '조금 더 늙기 전에 하고 싶은 것을 찾아 여행을 떠나보자!' 평소엔 없던 도전 의식이 왜 이런 데서 솟구치는지 알 수가 없다. 그리고 어머니는 쟤는 왜 자꾸 어려운 길로 가려는 걸까 그냥 묵묵히 직장 다니면 될 것을, 하며 걱정하셨다. 맞다. 고행길을 선택하면서 무엇도 모르고, 되돌아올 수 없는 강을 건넜다.

'20대 중반 이혜영'이 라탄 공방이라는 사업체를 열었다. 초창기에는 가게에 가만히 앉아 고객님이 오기만을 기다렸다. 그래도 되었는지는 모르겠지만, 세월아 네월아 작품을 만들어 가게를 채우고 퇴근했다. 직장 생활을 하며 잦은 야근, 고강도의 업무로 심신이 지쳤던 거 같다. 그 시간이 그냥 좋았다. 그리고 간간히 낯선 이를 맞이하고 대화를 나누다 보면 세상에는 다양한 사람들이 존재하구나, 내가 아는 세상이 다가 아니었음을 깨닫게 된다. 그들의 삶을 엿보는 것이 재미있었다. 삼 개월 정도의 시간이 흘렀을 때 분명 지금의 생활이 좋지만 문득, 앞으로의 삶이 걱정되었다. 가만히 앉아서 작품만 만들다가는 사업체가 성장하지 않을 텐데 밥벌이는 할 수 있을까, 어떻게 해야 이 사업을 지속할 수 있을지 끊임없이 고민했다. 가만히 앉아 있을 순 없었다. 가게 밖으로 나가 무작정 대외활동을 하기 시작했다. 80만 유튜버 니다님을 만나 음악 녹음도 해보고 글도 써보고 동종업계 사람들도 만났다. 감사하게도 다양한 분들과 협업하며 라탄 공예 수업뿐만 아니라 초등경제, 환경에 관련하여 강의를 할 수 있게 되었다. 아, 처음으로 전시도 했다.

2년 차 때쯤 공방이 어느 정도 자리를 잡았다. 수업 커리큘럼도 완성이 되었다. 여유가 생기니 주변을 둘러보게 되었으며 더 많은, 다양한 일들을 벌리기 시작했다. 프로젝트, 글쓰기, 협업 등, 사람들 앞에서 강의를 해야 하는데 컴퓨터로 하는 서류작업이 많아지기 시작했는데, 이건 예상하지 못한 문제였다. 한 공간에서 오래도록 컴퓨터를 붙잡고 있는 것은 고문과도 같았다. 혼자 있으니 지구 중력이 나에게만 유독 크게 작용하는지 땅속으로 빨려 들어가는 느낌이었고, 어쩌면 '번아웃'이 찾아온 듯했다. 혼자서 책임져야 할 일들이 많아지고 문어 다리 마냥 넓게 퍼져있는 일감들을 생각만 해도 머리가 새하얘지는 느낌이었다.

노트북을 들고 카페, 도서관 이리저리 다니기 시작했다. 새로운 공간은 환기를 시켜주며 타인이지만 사람들과 있으니 다른 에너지를 받을 수 있었다. 같은 아메리카노를 마실 건데 이왕이면 이쁜 곳으로 가는 것이 좋고 아이디어가 필요한 날에는 혼자 일하는 것보다는 사람들과 함께 의견을 나누는 것이 나의 노력이자 살아남는 방법이었다.

"너는 자유롭게 노는 거 같아 부럽다."

문득 대화를 나누다 친구가 아무렇지 않게 한마디를 내뱉었다.

응? 뭐라고? 나 잘 못 들었나?

이렇게 되기까지 얼마나 많은 노력을 했는데, 뭔 이따위의 말을 하는 거지?

속에서 화가 치밀어 올랐다. 내 노력이 노는 것으로 보였다니 노력을 볼 줄 모르는 친구의 가벼운 한마디가 몹시도 무례하게 느껴졌다. 하지만 이내 넓은 아량으로 그녀를 이해하기로 했다. 그만큼 나의 일이 즐거워 보인다는 거니까, 다만 나는 지금을 만들기 위해서 마음 편하고 자유롭게 놀아본 적 없다.

세상에 쉬운 일이 어디 있나. 어떠한 일이든 숨은 노력이 반드시 존재한다는 것을.

대책 없이 불구덩이로 뛰어든 내가 미우면서도 고맙다. 나의 일을 한다는 것은 여전히 힘들고 고통스럽다. 하지만 동년배들은 쉽사리 겪지 못할 경험들로 채워져 있으며 앞으로도 더 채

워질 예정이다. 주변엔 중학생 300명을 인솔해 야외활동을 해본 이도, 해양 쓰레기를 이용해 전시를 해본 이도, 나이가 훨씬 많은 분들과 합을 맞추어 프로젝트를 진행한 이도 아직 없다. 지금 돈으로도 사지 못할 경험을 하며 나만의 세상을 만들어 가는 중이다. 퇴사도, 무작정 도전도 사회에 덜 찌들어 가능했다고 믿는다. 과거에 나에게 정말 고맙다. 과연 28살인 지금 직장생활을 하고 있었다면 박차고 나올 용기가 있었을까?

"근데, 진짜 빡쎄긴 해. 성공할 수 있겠지?"

오래도록 밝게 빛나고 싶어

유리멘탈을 가진 나에게는 세상이 벅차게 느껴질 때가 많다. 모든 중력이 집중된 듯 몸이 무겁고 개미지옥에 빠진 것처럼 땅으로 빨려 들어가는 느낌이 종종 들기도 했다. 재작년 겨울, 첫 번째 사업체인 '위드라탄'이 태어난 후 이를 유지하기 위해 필사적인 노력을 했다.

1. 사람들을 미친 듯이 만나기 시작했다.

극강의 I(내향인)에겐 필사적인 노력이었다.

2. 주말 없이 3년째 일하는 중이다.

가끔 여행도 가고 여가도 즐기지만 주름 가득한 뇌는 잠잘 때도 미래를 위해 잠시도 쉬지 않고 돌아가는 중이다.

3. 집에서 뒹구르르를 한 지가 언제인지 모르겠다.

바깥에선 무슨 일을 해도 많은 에너지를 소모하는 편이기에 최대한 칩거하는 극강의 집순이었다. 사업을 시작한 이후로 집에서 지내는 게 어색할 정도로 집과 내외를 하며 에너지를 쥐어짜내는 중이다.

공방을 운영한 후 어느 날부터 둥글고 반짝거리던 나의 유리에 금이 가기 시작했다. 광택 가득했던 유리는 점차 빛을 잃어갔다. 사람들 만나는 것도 지치고 아무것도 안 하고 쉬고 싶었다. 무슨 호사를 누리겠다고 멀쩡한 직장을 발로 까버리고 이 고생을 하고 있는지 물음표가 끊임없이 유리공을 치기 시작했다. 반지르르했던 유리에는 미세한 금이 생겼다. 모르겠다고 깨어버리기엔 책임지고 마무리해야 할 일들을 너무 많이 벌려 놓았다. 더 조져지기 전에 정신을 바싹 차려야만 했다.

체력을 늘리기 위해 운동을 시작했다. 매일 서류 정리, 수업 등 정적인 일을 하기 때문에 요가, 필라테스보다는 역동적이고 단기간에 체력을 올릴 수 있는 무언가를 하고 싶었다. 후보는 다양했다. 마음껏 흔들어 제낄 수 있는 줌바댄스, 미친 유산소 싸이클, 열정 가득 헬스, 헬하기로 유명한 점핑 머신 4가지의 후

보 중 집에서 가장 가깝다는 이유로 친구와 함께 그룹 PT 30회를 끊어 헬스를 시작했다. 극도의 몸치라 어떠한 운동을 배워 본 적이 없었다. 몸 쓰는 방법은 당연히 몰랐으며 중력이 땅으로 끌어당길 때 체력도 같이 당겼는지 기초 체력도 전혀 없었다. PT 30회는 전지 훈련이었다. 매 끼니마다 식단 검사, 쇠는 내 손에 있는데 왜 목에서 쇠 맛이 나는지. 특히 퇴근 후의 운동은 '살려주세요' 라는 말이 절로 나왔다. 하지만 1년 4개월째 헬스장을 다니는 중이다. PT 30회의는 정말 너무 힘들고 당장이라도 도망가고 싶었으나, 덕분에 몸을 사용하는 방법을 터득할 수 있었다. 중간의 휴식 시간은 꿀맛, 다음 날 점차적으로 올라오는 근육통은 '아따! 잘 먹었네' 라는 말이 절로 나올 정도로 미묘하게 스트레스를 풀어주었다. 친구와 운동하는 시간은 하루 중 제일 마음이 놓이는 시간이 되었다. 한 사업체의 젊은 대표가 아닌 인간 '이혜영' 이란 사람을 내비칠 수 있는 유일한 시간 중 하나였다.

그날도 런닝 머신을 뛰며 친구에게 힘들다며 하소연을 했다.

"야, 무조건 너가 우선이야, 남 생각 말고 너부터 생각해."

장난기 가득하고 놀 생각만 가득한 철부지 친구에게 훈장님과도 같은 말을 들으니 실소가 터져 나왔다. 아, 울다가 웃으면 엉덩이에 X난다던데.

"야, 너가 그런 말도 할 줄 아나? 철 들었네."

한참을 웃었더니 머릿속이 조금은 비워졌다. 그리고 영원히 메워지지 않을 거 같았던 유리가 점차 메워지기 시작했다.

감정적으로 미친 듯이 힘든 날, 몸이 힘든 날에도 특별한 일 없으면 일과 후 헬스장으로 향한다. 무거운 발걸음을 이끌고 헬스장에 출석하면 한숨 푹푹 내쉬며 결제했으니 해야지, 하며 운동복으로 환복한다. 헬스장은 특별할 수 밖에 없는 곳이다. 타인이 우선이었던 내가 헬스장에서 문득 던진 친구의 말에 나를 위해 살아가는 방법을 터득했고, 체력이 늘었는지 감기를 달고 살았었는데 병원 가는 횟수가 확연하게 줄었다. 점차 올라가는 쇠질의 무게와 갯수는 정적인 생활에 도전정신과 성취감을 안겨 주었으며, 친구와의 소소한 수다와 헬스장에서 일어나는 크고 작은 이벤트로 나를 울고 웃게 했다. 나도 모르는 새 감정적인 것들을 털어버릴 수 있게 되었다. 화가 주체 되지 않을 때는 런닝 머신을 뛰면서 시원하게 욕도 하고 알몸으로 거울 앞에 서서 '광배 폼 미쳤다' 자화자찬을 할 때도 있다. 유독 운동하기 싫은 날에는 트레이너 선생님께 되지도 않는 포징을 배우면서 한바탕 크게 웃을 때도 있다. 운동하는 시간은 소중하고 값진 시간, 유일하게 나에게 집중 할 수 있는 시간이다. 어쩌면 이 시간을 기다리며 오늘도 최선을 다해 하루를 살아가고 있는지도 모르겠다.

빛나기 시작했다. 많이 웃고, 울고 스스로에게 솔직해지고 걱정을 덜어내니 경직되어 있던 얼굴 근육이 풀리고 스스로가 많이 밝아짐을 느끼고 있다. 더 이뻐졌다. 금이 메워졌는지 나의 유리멘탈은 점차 빛나기 시작했다. 넘쳤던 책임감으로 그늘진 얼굴로 살아왔던 지난날을 되돌아보니, 굳이 그럴 필요가 있었을까? 참 고생이 많았다. 흐뭇하게 그래, 그랬지 할 수 있다. 그리고 이젠 그렇게 살지 말자. 한창 예쁠 나이 20대 후반의 예쁨을 즐기며 살아보기로 했다. 물론 최선을 다해서.

유리 멘탈의 정의를 찾아보니 '사람의 부적정인 생각, 자기 긍정감이 낮은 것' 이라고 한다. 헬스장 가서 운동한다고, 조금 노력한다고 이 유리가 방탄유리가 되는 건 아니지만 어떻게 생각하느냐에 따라 강화유리 정도는 만들 수 있을 거 같다. 총알에 맞아 금이 가더라도 깨어지지 않을 딱 그 정도. 헬스장으로 대피하듯이 피난처를 만드는 것, 그게 나를 위해 살아가는 첫 시작점이 아닐까. 끊임없이 펼쳐지는 부정적인 생각을 잠시 잊게 해줄 무언가, 좋아할 수 있는 신선한 요소를 찾아가는 것, 그것을 찾아가는 과정에서 더 빛나고 단단해짐을 느낄 수 있을 것이다.

유리는 아직도 벌어졌다, 메워졌다를 반복하며 더 단단해지는 중이다. 그 유리는 나의 내일에 밝은 빛을 선사해 주고 있다.

우리는 단단해지며 서로를 빛내주려 노력하는 중이다.

“오래도록 밝게 빛나는 사람이 되고 싶어”

정체성을 찾다

요즘은 자기 PR시대라니까, 프리랜서니까, 수없이 많은 자기소개를 하지만 여전히 새로운 사람을 만나는 자리에서 어떻게 말을 꺼내야 할지 모르겠다.

고민 끝에 내린 결론은 '어떤 자리냐에 따라 저의 직업 소개가 달라집니다' 라는 문장이 필수로 따라오게 되었다. 시작은 라탄 공예 강사였다. 강사 일을 하다 보니 발이 넓어졌고 우연히 초등학교 친구들에게 경제에 대해 강의를 할 수 있게 되었다. 최근에는 환경 강사로서도 일하는 중이다. 주말이면 바닷가에 가서 쓰레기를 줍는 플로깅을 하며, 재미있어서 시작한 유튜브 편집도 하고, 글도 쓰고 있다. 이것이 바로 N잡러인가?

처음엔 다양한 일을 하는 내가 정말 좋았다. 존재를 널리 알리는 느낌이었고 다양한 일을 소화하는 게 정말 대단해 보였다. 하지만 모든 일에 정체기가 있듯이 빨래감 마냥 벌려 놓은 이 일들이 벅차게 느껴지는 시기가 찾아왔다. 그와 동시에 정체성에 혼란이 찾아왔다.

나는 뭐 하는 사람이지?

한 가지에 집중해야 하는 것은 아닐까?

어떻게 해야 할지 몰랐다. 동아줄이라도 잡는 심정으로 사업 컨설팅을 신청했고 운 좋게도 곧바로 참여할 수 있었다. 어렵게 만난 그에게 N잡러의 고충과 어려움을 마구 토해냈다. 서로 아무 관련 없는 일들로 에너지를 소비하고 있다며 크게 혼날 것이라 예상했기에 마음을 단단히 먹고 들어갔다. 하지만 어린 나이에 많은 것을 도전하고 경험하고 있다며 나를 어화둥둥 띄워주는 것이 아닌가. 칭찬을 받으려고 온 것은 아닌데 어쩌면 좀 괜찮게 활동하고 있을지도? 그가 하는 말을 요약하자면, 하는 일이 많은 건 팩트, 하지만 일들이 하나의 점으로 미세하게 모이고 있으니 가지치기하듯 천천히 정리하며, 지금처럼 천천히 앞으로 나아가면 된다는 것이다. 그리고 MZ세대 답지 않은 따뜻함과 성숙함이 느껴진다고 했다. 전달하는 능력이 뛰어나고 사람을 모으는 힘이 있으니 집중해서 본인이 해야 할 일들을 생각해 보라고 했다.

컨설팅이 완료되고 '따뜻함' 이라는 단어가 머릿속을 계속 맴돌았다. 고작 4시간을 대화하고 나에게서 따뜻하다는 느낌을 받았다니, 그의 말대로 나의 매력을 파헤쳐 보기로 했다. "사람을 끄는 힘이 있어"라는 이야기를 종종 들었다. 아무것도 하지 않아도 주변에 사람들이 모인다. 모두가 실속 있는 사람들은 아니다. 마음을 쉽게 열지는 않는 탓에 얼마 있다 떠나는 사람들도 있지만 그럼에도 곁에 남은 사람들은 오래도록 보고 필요로 할 때 서로 도움을 주고받는 편이다. 그들에게 줄 수 있는 건 나의 뜨끈하고 진득한 감수성을 이용하여 공감해 주고, 내가 알고 있는 것들과 생각하는 것들을 전달하는 것뿐인데, 그들은 여전히 곁에서 남아 큰 힘이 되어주고 있다.

지극히 개인적인 나의 장점

타인의 말 경청하기

젊은 꼰대가 되어 조언하기

흩어진 정보를 모아 정리하기

정보 제공하기

나는 다양한 활동을 하는 독특한 작가가 되기로 결심했다. 말이 많은 수다쟁이는 아니지만 알고 있는 지식과 경험, 해주고 싶은 조언 등을 다양하게 나누고 공통적인 관심사를 가지고 이야기하는 것을 즐기는 편이다. 단순하게 정보를 전달하는 일방통행은 흔하고 재미없지 않은가. 생각을 전하고 그들의 이야기를 머릿속과 마음에 담을 수 있는 쌍방통행인 특별한 작가가 되려 한다. 강사, 수강생 수직적인 구조가 아닌 그들의 이야기를 들으면 나도 덩달아 성장할 수 있는 수평적인 구조로 그들과 나란하게 서 있고 싶다. 어떻게 해야 할지 구체적으로는 아직 잘 모르겠다. 하지만 이건 확신한다. 지나친 고민은 시간만 흘려보낼 뿐 새하얀 종이에 줄 하나 그어도 이미 한 발짝 나아간 것이다. 그냥 하면 된다. 넘어지면 어떤가, 더욱 단단해지는 나를 보며 앞으로 전진할 것이다.

뭘 했나 싶은데, 말하고 글 쓰고 사람을 만나고 버릴 것들을 버리니 방향성과 앞으로 해야 할 숙제는 명확해졌다. 돈, 돈 하기 싫지만 대한민국 대표적인 자본주의 노예로 경제활동은 계속해야 한다. 내 배가 불러야 남의 배도 불릴 수 있는 것처럼 하고 싶은 일을 오래 하기 위해서는 꾸준한 수입이 필요하다. 단, 아래와 같은 약속을 지키면서.

1. 내가 전하고자 하는 말과 생각을 꺾이지 않는 마음으로 전하기
2. 포기하지 않고 계속 도전하며 나와 주변을 지키기
3. 나의 감수성이 듬뿍 담긴 물건 제작
4. 내 남자 퇴사 시킨 후 함께 일하기

말에는 힘이 있다는 마법을 믿는다. 과거 8살부터 장래 희망에 '선생님'이라고 기입했는데, 정신차려 보니 학교로 출근해 '선생님'이라는 호칭을 들으며 아이들 앞에서 이야기를 하고 있다. 꿈이 이뤄진 것이다. 말을 지속적으로 내뱉으면 무의식적으로 생각과 행동들이 그쪽을 향해 나아가고 있음을 몸소 느꼈다.

나에게는 이루어야 할 꿈이 많은데, 또다른 꿈도 이룰 수 있

을까? 새로운 도전이라 겁이 나기도 한다. 하지만 10년, 20년 뒤가 기대된다. 사람 일은 모른다고 변수가 생겨 생각하고 있는 목표들이 삶에 치여, 예기치 못한 상황으로 이루지 못 할 수도 있다. 하지만 이러한 과정을 밟은 경험 하나만으로도 충분하다. 이 경험을 통해 또다시 일어날 것이며 천천히 앞으로 나아갈 것이니 말이다. 뭐, 그 경험에 한없이 짓밟히기도 하겠지만.

"꿈이 있다는 것은 정말 낭만적인 일이라 생각해요."

당신의 경험을 기록하겠습니다

늦은 오후, 일정을 끝내고 집으로 가는 길. 지하 주차장에 주차하고 양손에 짐을 가득 들고 어둑한 하늘을 바라보며 하루가 참 빠르다 생각하며 도착한 현관문 앞. 한참을 멍하니 서서 골똘히 생각하다 겨우 생각해 낸 비밀번호를 치고 집에 들어갔다.

와, 이걸 기억 못 해? 정신을 어디다 빼놓고 다니는 거지? 책임질 일들이 생기고 일이 많아지면서 잘 맞춰져 있던 뇌 조각들이 흩어지는 느낌이었다. 아침에 '아, 오늘 중으로 해결해야 해' 종일 되뇌인 것도 잠들기 직전에 생각이 나서 야심한 밤 컴컴했던 방을 다시 밝히는 일도 다반사다.

기록을 모으는 개인 프로젝트를 시작했다. 이 프로젝트의 큰 목적은 건망증이 심한 나의 멍청함을 대체하기 위함이다. 타인의 경험과 말들을 기억하기 위해서이다. 일의 특성상 또래 친구와의 만남보다 어른들과의 만남이 더 잦다. 갓 태어난 아이가 있는 사람, 한창 궁금증 많고 말문 터진 아기새 공주님이 있는 사람, 50대 후반이지만 결혼을 하지 않은 당찬 멋진 사람 등 다양한 연령대, 개개인의 특별한 경험 보따리를 가지고 계신 분들, 세상 어디에서 들을 수 없는 삶의 지혜로 가득한 그들은 보물 같은 사람들이다. 그리고 그분들을 진심으로 존중하고 존경한다.

"걔는 안된다. 정리해라"

사회초년생일 때, 사람을 만나며 뼈아픈 조언과 힘이 되는 말들을 많이 들었다. 늘 옆을 맴돌며 내가 일궈놓은 것, 아이디어를 은근하게 따라 하는 사람이 있었다. 진작에 정리하고 싶었지만 옷깃만 스쳐도 인연이라고 쉽게 그 연을 끊지 못했다. 사업체를 제조업으로 변경하라는 잔소리도 많이 들었다. 그래야 정부지원사업을 받을 수 있는 폭이 넓어지며 뻗어 나갈 수 있는 길도 많아진다. 하지만 타인의 말을 듣지 않았다. 그때 수용했었더라면 지금 이름 날리는 멋진 사람이 되어 있었을 텐데.

'하, 건방진 똥고집, 멍청이.'

작년 하반기 쯤, 대부분의 것들을 정리했다. 인간관계, 첫 공방과의 작별, 방황하다 지갑도 잃어버렸고 주민등록증, 면허증, 카드 싹 다 갈아엎었다. 아, 참 핸드폰도 망가졌었지? 정말 웃긴 건 물건뿐만 아니라, 생각과 가치관 또한 싹 다 재정비하게 되었다. 주변 지인들이 예언했던 일들이 실제로 일어나기 시작했다. 자의는 아니었지만 겨우 붙들고 있었던 질긴 인연들이 끊어졌다. 그와 동시에 변화가 찾아왔다. 마치 닫혀 있던 문을 열고 들어오듯 일이 점차 들어오기 시작했다. 큰 변화들이 있었던 것 치고는 혼란스럽지 않았고, 변화에 차근차근 대응해 나갔고 금방 익숙해졌다. 썩 괜찮았다. 아니, 오히려 후련하고 속이 다 시원했다.

그 후로, 타인의 조언은 다 정답은 아니지만, 그들이 겪은 경험에서 우러나왔기에 쉽게 무시해서는 안 됨을 느꼈다. 방황하거나 정답을 알 수 없을 땐 지혜 가득한 주변인들의 이야기를 가슴에 새기기 시작했다. 똥고집을 부리지 않았다. 다만 말을 귀담아듣는 대신 나와 맞지 않은 것들은 적절하게 거르며 열린 마음으로 받아들였다. 그들도 지금의 나와 비슷한 경험과 고민을 하며 20대를 보내지 않았을까 하면서.

경험이 주는 힘은 강력하다. 그리고 이를 기록하여 기억하려 한다. 예상치 못한 변수를 예측, 대비하며 시행착오를 줄일 수 있다. 타인과의 대화와 활동을 통해 그 경험을 간접 체험 중이다. 초등학교 때부터 친했던 친구는 본인들이랑도 놀면 안 되겠냐고 항상 불만이 가득하지만, 언닌 그럴 시간이 없단다. 그럴 때마다 일 때문이라고 웃으며 넘기지만 경험이 많은 사람들과의 만남은 일 뿐만 아니라 그 이상의 무언가를 얻어 갈 수 있다. 그러므로 그 시간을 포기할 수 없다.

오늘 있었던 일 기억하고 싶은 문장 등을 기록하기 시작했다. 솔직히 귀찮을 때도 있다. 피곤에 쩔어 반 이상 감긴 눈으로 기록할 때도 있으나 도움이 되는 말과 문장, 기억해야 할 것들을 기록해 놓으면 내 머릿속에서 잊어버리진 않을까, 노심초사 하지 않아도 된다. 다시 꺼내 보지 않을지언정 하루를 기록하며 마음과 뇌 깊은 곳에 새겨져 살다가 한 번은 도움이 되지 않을까 하면서 말이다.

매번 새로운 사람을 만나고 소통하는 게 참으로 버겁고 힘들다. 그럼에도 계속 사람을 만나러 다니는 이유는 대화를 나누다 보면 어느 순간 상대방과 아는 사이가 되어 있다. 잠깐 스칠지라도 언젠간 닿는다.

이번 전시가 그렇다. 잠깐 스칠 뻔한 인연이 닿아 좋은 취지로 공식적인 첫 전시를 연다.

전시를 얻고 다양한 사람들도 얻었다.

이 정도면 꽤 괜찮은 인생을 살고 있을지도?

@2_hey_y 인스타그램 글 中

단순히 새로운 인연을 통해 전시를 진행한다고 생각할지도 모르지만, 후에 아주 힘든 시기에 이 글을 봤을 때 전시도 열었고 사람에게 인정받은 날이라며 자존감을 회복할 수 있는 글이 되리라 믿는다. 그리고 이 책 또한 나에게 커다란 도움이 될 것임을 확신한다. 일궈놓은 사업이 무너져 직업이 마땅치 않을 때 아이들에게 "엄마 책을 출간한 작가야"라고 당당히 외칠 수 있지 않은가.

"1일 1일기 생각보다 힘들어요."

장기프로젝트를 진행하고 있어요

친구들이 '결혼'이라는 미지한 세계로 하나, 둘 가기 시작한다. 결혼에 별 관심이 없었다. 무의식적으로는 생각했다. 언젠간 할 결혼 그 전에 최대한 많은 사람을 만나보자. 평생을 한 사람이랑 어떻게 살아가지? 그게 가능한가? 솔직히 자신 없었다. 20대 후반에 다다르자 좋아하는 감정만으로는 이성을 만날 수 없다고 생각했다. 앞길에 걸림돌이 된다면 혼자가 편하지 않을까? 굳이 외로워 사람을 만난다면 서로 도움이 되는 관계였으면 했고 무언가를 할 때 '그걸 왜 해?'라는 말이 아닌 '너의 생각이 그렇다면 한 번 해봐. 응원할게' 이렇게 말해 줄 수 있는 사람. 요약하자면 일을 전적으로 응원해 주고 존중해 주는 사람, 포장하지 않아도 나 자체를 좋아해 줄 수 있는 사람이 옆에 있었으면 했다. 그리고 20대의 끝자락, 만나던 이에게 이별을 고했다. 둘이 붙었을 때 일어나는 시너지가 좋은 성과를 발휘하지 못한다는 것을 깨달았기 때문이다. 붙잡는 그에게 더 매정하게 굴었다. 힘들지 않았다면 거짓말이다. 긴 시간 옆을 지켰던 사람이 하루아침에 사라졌는데 당연히 힘들었다. 정떼는 것이 그렇게 어려운 것인 줄 몰랐다. 이별을 고함으로써 상대를 힘들게 만든 건 아닌지 자책도 하며 그와의 시간은 깊은 곳에 묻어두기로 했다.

사람 보는 눈이 영 없는 거 같아 '소개팅'이라는 것을 통해 사람들을 만나 이야기를 나눴었다. 보통 소개팅에선 사람이 아닌 능력에 대해 더 궁금해 했다. 첫 만남에 결혼하면 일은 계속할 건지, 얼마나 버는지, 출산에 대해 어떻게 생각하는지 계산적이고 재는 듯한 느낌이 들었다. 싫었다. 하지만 계산적이라고 욕할 게 아니었다. '대화가 통해야 하며, 함께 있을 때 함께 웃을 수 있는 사람, 책임감과 성실함은 필수' 남들과 마찬가지로 상대방을 재며 나 역시 조건을 따지고 있었으니 말이다. 시간이 지나니 점차 확실해지는 것들이 있었다. 아무리 조건을 따진다 한들 눈에 차는 완벽한 이상형은 없다는 것, 사람은 물건처럼 갈고 닦는다해서 원하는 모습으로 변할 수 있는 것도 아닐뿐더러, 물건처럼 쓰다 버리고 새것으로 살 수 있는 것도 아님을.

직업 특성상 많은 이들을 만나다 보니 사람을 대할 때 다름을 인정하는 것이 습관이 되었다. '아, 원래 이런 사람이구나'라는 전제를 깔고 상대방을 바라보면 다른 생각을 가지고 있어도 상관없다. 만약 다름을 인정하지 않았더라면 상대방의 생각을 내 생각과 동일하게 만들기 위한 설득으로 많은 에너지를 쏟아부었을 것이다. 25년을 함께 방을 쓴 여동생은 외출 후 집에 돌아오면 외출 복장 그대로 이불 위로 번지점프를 한다. 외출이 끝나면 무조건 샤워를 하고 잠옷을 갈아입는 나와는 다르다. 같은 배에서 나왔는데 어떻게 이러지? 같이 사용하는 공간이기에 양말이라도 벗고 이불 위로 올라오라고 사정도 해보고 잔소리도 했으나 전혀 통하지 않았다. 그렇다, 그냥 그런 아이인 것이다. 혈육도 통하지 않는 뇌개조를 남이라고 통할까? 그냥 있는 그대로 받아들이고 내려놓으면 삶 자체가 편안해진다.

끝없는 방황의 길을 걷고 있을 때 만삭의 임산부 손님이 소개팅 제의를 했다. 그에 대한 정보는 없었다. 그냥 연하, 직장인 정도, 쌍둥이 동생이 있기에 연하라는 소리는 그리 반갑지는 않았다. 연하를 만나본 적이 없으니 대화나 나눠보자, 딱 거기까지였다. 소개팅의 정석, 클래식 음악이 흘러나오고 스파게티와 스테이크를 써는 그런 고상한 만남은 싫었다. 간단하게 술 한잔하며 그 사람의 인생 이야기를 듣고 싶었다. 평범하고 지루한 일상에 MSG처럼 자극을 주진 않을까 기대하며 첫 만남은 이자카야에서 시작되었다. 많은 이야기가 오고 갔으며 저녁 8시에 만나 새벽 3시에 헤어졌다. 그리고 그날은 우리의 '1일' 이다.

우연한 소개팅으로 만난 연하의 남자는 남들과 조금 달랐다. 운명이라는 것이 정말 있는 걸까? 그는 자라온 환경, 식습관, 추구하는 가치관 등이 놀라울 정도로 비슷했다. 굳이 뇌를 고쳐먹지 않아도, 뇌를 개조하지 않아도 뇌를 세탁하지 않아도 이 사람을 자연스레 이해하고 받아들일 수 있었다. 연하라는 편견이 있었지만 말이 통하고 어른스러웠다. 나이에 비해 경험이 많아 그런지 대처 능력도 능숙했다. 마치 아빠를 보는 듯했다. 공통점이 많아 대화가 물 흐르듯 매끄러웠다. 이야기 주제가 끊기질 않았다. 그렇게 만난 지 단 두 시간 만에 '이 친구에게 기댈 수 있으면 좋겠다' 라는 생각을 했다.

"싫어하는 음식 있어요?"

"음, 오이 싫어해요"

엄청난 덩치에 뭐든 잘 먹을 듯한 이 남자에게서 편식이라니 실소가 터져 나왔다. 처음 보는 낯선 여자에게 오이 싫어하는 말을 꺼내기가 쉬웠을까? 정말 솔직한 사람이구나 라는 생각이 들었다. 이 '사람' 이 대해 조금 더 알고 싶어졌다. 철이 들어가는 건가? 솔직해지고 싶었다.

사회생활을 하면서 타인에게 밉보일까, 항상 꾸미며 가면을 쓰고 다녔다. 가족, 친구, 이웃, 지인, 지나간 연인들에게 전부 그랬다. 신기하게도 이 남자 앞에서는 그러지 않아도 될 것만 같았다. 대책 없었고 무모했던 지나간 도전에 찬사를 날려주었고 앞으로의 도전에도 전적으로 응원해 주며 든든하게 곁을 지켜줄 사람이라는 확신이 들었다. 콧대 잔뜩 세우고 자존심 부릴 때가 아니었다. 이 사람에게는 다 보여주고 싶었다. 그를 잡아야만 했다. 지금 놓치면 이런 사람은 평생에 없을 거란 생각이 들었다. 유한 성격에 그리 까다롭지 않은 사람, 넓은 마음을 가졌으며 인자한 미소와 함께 든든한 기둥과도 같은 사람. 변덕스럽고 유리 멘탈인 나와 달리 우직하며 정신력도 강한 사람.

“두 번, 세 번 만나도 제 마음은 같을 거 같아서요. 한번 만나 볼래요?”

단전에서 끌어올린 용기로 우린 만나게 되었다. 서로의 부족한 점을 보완해 주고 서로 배려하며 우린 매일 매일 뜨겁게 사랑하는 중이다. 그리고 평생을 함께하기로 약속했다.

그와 함께 ‘장기 프로젝트’를 진행 중이다. 함께하는 삶을 어떻게 꾸려나갈지 어떻게 하면 더 행복하고 잘 살 수 있을지 끊임없이 대화하며 미래를 그려나가고 있다. 인생은 선택의 연속이라고, 남자, 여자 연인관계를 넘어서 동료 그 이상의 느낌으로 우린 단합되어 있다. 그리고 이 프로젝트는 성공적일 거란 예감이 강하게 든다.

“첫눈에 반하면 종이 울린다던데. 저는 그러지는 않던데요?”

결혼은 미친 짓일까?

"결혼은 할 거야?"

명절이 불편하다. 평생 같이 살아주지도 않을 거면서 왜 그렇게 무례한 질문을 남발하는지 그냥 무미건조하게 고개를 끄덕이곤 곧바로 말을 돌려버리곤 했다. 생각해 보면 10년 전쯤의 명절에는 사촌 언니, 오빠에게 "상대는 있니?", "언제 할 거니?" 결혼을 반드시 한다는 전제하에 질문을 했었던 거 같은데, 지금은 결혼의 여부부터 물어보는 이상한 세상이 되었다.

4남매인 나의 부모님은 어릴 적 단칸방에서 20년의 시간을 보냈다. 그리고 20대 중반 한창 꾸미기 좋아할 나이, 한창 놀고 싶을 나이에 결혼을 했고 힘겹게 출산을 했다. 지금의 나는 그때의 엄마보다 나이가 많다. 결혼을 앞두고 엄마에게 일찍 결혼해서 후회스럽진 않은지 물어본 적이 있었다. 엄마는 전혀 후회하지 않는다고 대답했다. 비록 갖고 싶은 것, 하고 싶은 것은 다 못 했으나 첫 울음, 첫 옹알이, 첫 걸음마 등 누군가의 '처음'을 함께하는 기쁨이 너무 컸다고 말했다. 결혼하지 않고 아이를 낳지 않았더라면 결코 느끼지 못했을 감정이라고 너도 꼭 해보라고 권했다.

28살, 결혼이란 걸 하고 싶다. 그와 함께 있으면 붕 떠 있던 마음이 안정된다. 뭐든 함께 헤쳐 나갈 수 있는 든든함과 그와 함께라면 잘 살 거라는 확신이 든다. 하지만 이 확실하지 않는 확신 하나로 평생을 함께 할 반려를 맞이하는 것이 과연 옳은 선택일까. 결혼을 준비하기도 전에 덜컥 겁부터 났다. 버는 건 한정적이고 지지고 볶고 싸우다 이혼하는 건 아닐까, 자식을 낳는 것이 도움이 될까, 등 사소한 것부터 큰 것까지 혼란으로 다가왔다. 솔직하게 무섭고 두렵다.

그에게 솔직하게 털어놨더니 그저 덤덤하게 다들 이렇게 시작하니 해보자고 했다. 일이 좀 덜 바쁜가? 뭐 하러 걱정을 앞당기다니, 나도 참 한심하다. 그의 덤덤한 말에 생각을 바꾸기로 했다. 갖가지 이유로 결혼을 하지 않아도 될 것 같은 사회이지만 연탄 보일러가 아닌 가스보일러, 출산 지원금 등 과거와 비교해 보면 지금이 훨씬 나은 편이라 생각하며 그를, 그리고 자신을 믿어보기로 했다. 쓸데없는 고민은 하지 않기로 했다.

〈결혼, 출산을 하게 되면 내가 포기해야 할 것 예상 리스트〉

불타는 금요일을 친구들과 보내는 것

말도 안 되는 무모한 도전

온전히 나를 위한 것

〈결혼, 출산을 하게 되면 내가 얻게 될 것 예상 리스트〉

해본 자만이 알 수 있는 행복

함께한다는 것만으로도 느낄 수 있는 안정감

사건 사고 끊이질 않겠지만 차곡히 쌓일 추억

몸과 마음이 건강할 때 남들이 하는 연애와 결혼식, 그리고 이왕이면 아이도 낳아 치열하게 살아 보고 싶다. 인생은 경험! 이런 경험 또한 좋든 나쁘든 뭐라도 남겨주겠지. 나이가 들면 과거 회상을 한다던데 길고 긴 인생을 돌아봤을 때 연애, 결혼, 출생 어느 하나 없다면 다른 이들보다 적적하고 심심한 인생이 되는 건 싫다.

결혼 생각이 없었는데 생겼다. 의학을 발달로 막말로 죽은 사람도 살려내는 세상, 소름 돋을 만큼 오래 살아야 한다. 이왕 지구라는 세상에 살게 되었으니 숨이 붙어있는 한 할 수 있는 경험을 다 채우고 떠나야 조금은 덜 억울하게 자연으로 되돌아갈 수 있을 듯하다.

결혼을 하기로 결심했다. 다투기도 할 것이고 내려놓아야 할 것도 많을 것이다. 하지만 그와 남은 여생을 함께하며 끝내주는 영화 한 편을 남겨놓고 떠난다면 멋진 인생이지 않을까?

"곰곰씨, 나랑 결혼해 줄래? 이거 프로포즈야. 거절은 거절한다."

어쩌다 가성비 결혼, 미뤄야 살 수 있다

결혼식 6개월을 앞두고 우린 살림을 합치기로 했다. 별 이유는 없었다. 매일 밤 데이트 후 늦게 귀가하는 것도 싫었고 유류비, 외식비, 데이트 비용 등 길바닥에 버리는 돈과 시간을 줄이고 싶었다. 무엇보다도 하루 빨리 함께이고 싶은 사심 가득한 연상녀의 욕심이었다. 막상 결혼을 결심하고 이것저것 따져보니 돈이 한두 푼 드는 게 아니었다. 무조건 아껴야 우리가 살 수 있었다. 마침 그의 자취방 계약도 끝나가겠다, 겸사겸사 집을 알아보았다.

사회생활을 시작한 지 4년, 그는 2년이다. 쌔빠지게 살았다고 생각했는데 결혼 앞에, 집 앞에 우리 통장 잔고는 매우 부족했다. 아니 그냥 텅장이었다. 우리 사정을 아는지 모르는지 집

값은 이미 오를 대로 올라 있었고 금리도 어마무시하게 올랐다. 함께 살기 위한 방법을 찾아야 했다. 둘이서 모아둔 돈은 오 천만원 정도였다. 부모님이 대 주신 학비와 사회 생활의 땀과 노력으로 모은, 우리에겐 큰돈이었지만 집을 매매하기엔 턱없이 부족한 돈, 그렇다고 전셋집과 결혼식을 올리기에도 그리 넉넉한 돈도 아니었다.

결혼에는 서로를 사랑하는 마음과 확신, 잘 살겠다는 각오가 가장 중요하다고 생각했는데, 사랑 하나로 다 되는 것은 아닌 듯하다. 부모님 그늘이 아닌 곳에서는 차가운 현실이 우리를 기다리고 있었다. 집을 사는 건 바로 포기하고, 사실 포기라는 말도 맞지 않다. 어차피 불가능 했으니까, 전세라도 마련해 함께하기 위해서는 대출을 꼭 해야만 하는 상황이었다.

단 한 번도 만져보지도 못한 1억이 넘는 금액을, 생전 처음 대출이라는 것을 하기로 했다. 그와 머리를 맞대고 우리에게 가장 유리할 대출을 알아보기 위해 각 은행의 대출 상품을 알아보았다. 대출은 단순히 돈을 빌리고 갚아나가는 책임을 지는 행위가 아니었다. 제대로 알아봐야 하는 세상을 향한 경제 공부였다. 모르는 경제 용어를 공부하고, 그러니까 우리가 앞으로 갚아나갈 수 있는 능력을 수치화하여 계산해 보았다. 정말 머리가 터질 것 같았다. 다양한 상품을 비교해 본 결과 '청년버팀목전세자금대출'이 2%대의 금리로 우리가 이자를 감내할 수 있는 선이라 생각했고 무조건 이 대출을 진행한다는 가정하에 집을 알아보기 시작했다.

청년버팀목전세자금대출 대상(2024년 기준)
미혼, 부부 합산 연소득 5천만원 이하
신혼부부 최대 연소득 7,500만원까지

대출 공부를 계속하다 보니 이게 맞나, 하는 생각이 들었다. 청년의 버팀목이 되어 줄 목적으로 전세 자금을 대출해 준다는 것 같은데, 일단 우리의 결혼에 버팀목이 되어 주진 못했다. 나 혼자일 때는 대출이 가능하지만, 부부가 되었을 때는 대출을 신청할 기회조차 주어지지 않았다. 심지어 그의 경우 미혼일 때도, 신혼부부일 때도 대상 자체에 포함이 되질 않았다. 겨우 2년 회사에서 버텼는데 사회 초년생이 돈을 모았다면 얼마나 모았다고. 일찍 결혼하고 안정적으로 살고 싶어 좋은 회사에 들어가기 위해 최선을 다했다는 남자친구는 상당히 아쉬워했다. 우리에게는 아쉬워할 시간이 없었다. 아쉬움도 사치였다. 함께 살기 위한, 우리에게 맞게 대출하기 위한 다른 방안을 생각해 내야만 했다.

전셋집 23평 아파트 기준 혼인신고를 하여 4% 금리로 일반은행 대출을 받으면 매달 이자와 원금 포함 50만원 이상 갚아나가야 하는 상황, 결혼 후 계속 맞벌이를 이어나가겠지만 부담스러운 금액이었다. 내 명의로 청년버팀목전세자금대출로 진행하는 것이 우리에게 가장 유리한 조건이었다. 매달 이자 15만원만 지출하면 되니, 달에 35만원, 2년이면 대략 840만원을 아낄 수 있다. 미혼 상태인 내 이름으로 대출을 진행하기 때문에, 이 대출을 유지하기 위해서는 혼인신고를 최대한 미뤄야 했다. 혼인신고를 미루는 건 우리가 840만원을 아낄 수 있는 소중한 찬스가 되어 주었다. 어른들에게 솔직히 상황을 말씀드렸더니 적잖이 당황하셨지만, 어쩔 수 없었다. 선택권은 은행에게 있었으니까.

결혼해서도 그와 동등하게 서로를 존중하며 살자고 약속한 참이었으나, 집과 대출 앞에서 우리는 이미 동등하지 못했다. 대출은 내 명의로 진행해야 했고, 더구나 법적인 신고를 미루는 게 최선이라고 생각하니, 어쩐지 축복받지 못한다는 기분이 들었다. 뭔가 대출에 맞춰서 우리의 시작이 결정되어진 느낌이었다. 대출 조건에 맞는 아파트를 찾아 계약을 진행했다. 구조가 어떤지, 인테리어를 어떻게 할지, 어떤 삶을 살지를 꿈꾸는 게 아니라 대출 조건과 맞는지가 우선순위였다. 불안한 마음을 가라앉히고 차분히 절차를 밟았다.

23평의 아담한 평수지만 깔끔하고 밝은 분위기의 집을 찾았다. 첫 느낌이 좋아 가계약을 진행했고, 적당한 금액에 깨끗한 집, 이 집을 놓치면 안 된다는 생각에 울산 전역에 있는 은행에 전화를 돌리기 시작했다. 청년버팀목전세자금대출 상품을 취급하고 있는지 문의했으나 불행히도 가능하다고 말하는 지점은 단 한 군데도 없었다. 차인다는 게 이런 것일까? 불안하고 두려웠다. 친절하게 설명해 주시지만 결국은 안된다는 대답, 아무리 열심히 설명을 들어도 마지막엔 거절, 그 앞에서 아무 말도 할 수 없었던 우리, 막막함을 넘어 점점 화가 나기 시작했다. 집과 대출 앞에, 아니 부족한 돈 앞에 무너지기 일보직전이었다. 내가 주택자금이 있었다면 대출은 생각도 하지 않았겠지. 나라에서 청년들을 위한 상품이라고 떡하니 소개하고 광고하고 있는데 왜 우리에게는 적용되지 않을까. 정말 결혼하는 청년들을 위한 대출이 있기나 하는 걸까, 라는 의문이 들었다.

며칠을 끙끙 앓다가 도저히 안 되겠다 싶어 혼자 필요 서류를 다 뽑아 들고는 무작정 은행을 찾았다. 마치 막내딸이 아부지에게 물건을 사달라고 떼쓰는 것처럼 서류를 떡하니 내밀었다. 대출 담당 과장님이 제법 당황했다는 것을 느낄 수 있었다. 하지만 잔금일이 한 달 정도 남은 시점, 평생 모은 전 재산을 날릴 수 있는 상황이었다. 과장님의 사정과 감정을 이해할 여유가 없다. 하소연하듯이 상황 설명부터 했다. 이미 계약이 끝났고 계약금도 넣은 상태다, 이곳, 저곳 전화를 했으나 아무도 받아주는 곳이 없었다, 제발 부탁드린다고 안 해주시면 계약금이 날아갈 수도 있다고 사정 사정을 했다. 내가 이렇게나 부탁한 적이 있었다 싶다. 곰곰이 생각하시더니 과장님께서는 타은행에서 청년전세대출을 취급하지 않는 이유를 말씀해 주셨다.이유와 상황을 모르겠다는 게 아니다. 그래서 우리가 대출을 받을 수 있는지, 나에게는 그런 사정 말고 승인이 간절했다. 기나긴 설명 끝에 다행히도 대출 신청을 해주셨다.

우리의 첫 대출은 험난했지만 성공적으로 끝났다. 2년 동안 꼬박꼬박 이자를 드릴 건데 이렇게까지 힘들 일인지 정말 모르겠다. 결혼이 힘들다는 말 안에는 분명 대출이 힘들다는 말도 있을 것이다. 숱한 마음고생으로 3kg이 빠졌다.

우리는 서로 사랑하고 미래를 약속해서 모은 돈을 모아 평생 함께하고자 준비하고 있다. 제2의 인생을 시작하는 데 이렇게 걸리는 게 많다는 건 어딘가 많이 잘못되었다는 생각이 들었다. 사회생활을 시작한 지 얼마 안 된 사람들은 결혼을 꿈꾸면 안 되는지, 청년 대출이 진짜 청년을 위한 대출인지, 왜 결혼은 함께하는데 대출 부담은 한 사람이 져야 하는지. 어디서부터 어떻게 잘못된 건지 나도 잘 모르겠다.

명확한 대답을 얻지 못한 채 여전히 우리의 평생 함께하기로 한 약속은 진행 중이다.

'양식 제 10호 혼인신고서'를 작성하여 신혼집 금고에 고이 넣어놨다. 언젠가 이 서류를 제출할 날을 기다리며 오늘도 우린 미래를 위해 열심히 살아가기로 했다.

"전셋집의 나의 지분은 아파트 계단 한 칸 정도이려나?"

감정에 체한 날

새벽 6시 30분 알람이 요란하게 울린다. 몸을 겨우 일으켜 세운 후 취미로 시작한 영상편집을 시작한다. 편집 시간은 평균 40분, 감기는 눈꺼풀을 겨우 뜨며 편집을 마무리한다. 주변에서는 왜 이렇게까지 하냐고 묻는다. 사업이라는 것이 안정적이진 않으니 뭐라도 해서 빈 공백을 메우고 싶은 마음 때문인 듯하다. 오전 7시 20분 이불 밖으로 나와 간단하게 아침을 먹고 출근 준비를 했다. 나의 애마 혜빵이와 핸드폰을 연결한 후 음향을 최대한으로 출력, 네비게이션에 목적지를 입력한다. 목적지는 매번 다르다. 강의가 늘 같은 곳에만 있는 것이 아니기 때문이다. 이상하다. 목적지 빼고 항상 같았던 일상 루틴이 평소와는 다르게 느껴지는 날이었다. 운전석에 앉는 순간 바닥으로 몸이 빨려 들어가는 느낌. 분명 신나는 노래를 듣고 있는데 노래에 집중하지 못하고 잡생각들이 떠오른다. 가슴 한구석이 시큰해지며 흐를 정도는 아니나 눈에 물을 가득 머금은 채 목적지에 도착했다.

1인 사업가가 된 지도 벌써 3년 차이다. 이 바닥에서 3년 차는 앞으로 계속해서 나아갈지 접을지 많이 고민하는 해라고 한다. 나도 그 갈림길에 서 있다. 월 15만원 쉐어 공방에서 15평의 독립된 공간으로 이사할 만큼 부지런히 성장했다. 쉬는 것이 두려워 안정되었다 싶으면 계속 일을 벌리고 1분 1초를 쪼개어 생활하는 것도 익숙해지기 시작했다.

어느샌가 작고 소중한 내 공간을 찾아주는 이가 줄었다. 열심히 일한 보상이 이것인가? 자식 같던 사업체가 휘청이기 시작했다. 처음에는 이런 날도 있어야지 하며 넘겼으나 그 기간이 길어지니 두려움이 덮치기 시작했다. 탓할 이가 없으니 나를 탓하게 되었고 스스로가 참 답답하고 한심하게 느껴졌다.

이렇게 해서 사업장 유지가 가능할까? 결혼도 하고 싶은데? 3년 만에 처음으로 안정된 직장을 가지고 싶다는 생각이 들었다. 불안정한 수입, 불규칙한 습관, 지속적인 불안함에서 벗어나고 싶었다. 그만두고 싶었다. 마케팅을 더 했었어야 했나? 블로그 활동을 열심히 안 했나? 작품을 더 꾸준하게 만들어 실력을 키웠어야 했나? 소질이 없나? 모든 상황이 내 탓인 것만 같았다.

"다 경험이야. 잘하고 있어"

속을 모르는 지인은 잘하고 있다며 위로하고 격려해 준다. 평소에는 감사와 과분하다는 생각이 들었겠지만 이번엔 유달리 반발심이 들었다. '경험이 밥 먹여주나요?' 분명 지금은 경험을 쌓으며 다음 단계로 뻗어가는 과정임을, 10년 뒤가 아름답고 찬란할 것을 누구보다도 알고 있는데 오늘은 유달리 억울하고 답답하다. 풀리지 않는 수수께끼를 가슴 구석에 품고도 어디론가 또다시 출근한다. 아무리 답답하고 우울하지만 경제 활동은 지속해야 하니깐, 사사로운 감정을 숨기고 좋은 이야기와 정보 전달을 위해 아이들 앞에서 방긋 웃으며 힘찬 인사말로 수업을 시작한다. 우울한 기분을 삼키며 끝낸 강의 퇴근을 위해 짐을 챙기고 있으니 아이들이 내 주변에 모여 들었다.

"선생님 다음 주에도 오시나요? 언제 또 오세요?"

내가 집에 가기 직전까지 방긋 웃으며 재잘재잘 이야기하는 모습에 미소가 지어졌다. 아, 맞다! 이 맛에 이 일을 하고 있었지. 또다시 아이들을 바라보며 마음을 잡아보기로 했다.

'몽돌' 도 처음부터 둥글둥글하지 않았을 것이다. 모가 잔뜩 있는 돌이 오랜 시간 바닥에서 구르고 파도와 바람을 맞고 온갖 산전수전을 다 겪으며 다듬어진 세월 가득한 결과물일 것이다. 나 또한 대한민국이란 땅 위에서 이리 구르고 저리 굴러 세월이 지나면 어느 정도 동글동글한 사람, 단단한 이혜영이 탄생하리라 믿어 의심치 않는다.

'이 또한 지나가리라' 라는 말이 있다. 어떠한 상황이 오더라도 지나가게 되어있다. 세상이 무너지지 않는 한 건재하다. 힘든 상황, 일들이 몰아쳐도 그냥 과정이라고 생각하고 애써 떨쳐내지 않으려 한다. 그냥 받아들이고 지나가기만을 기다릴 것이다. 그 이후의 성장한 나를 기대하면서.

"다 그럴 수 있어요. 사람이니까요."

연말결산

간만에 강의가 없는 평일 아침, 남들은 출근하기 바쁘지만 따뜻한 커피를 내려 여유로운 아침을 즐긴다. 프리랜서의 특권이랄까? 바쁘다는 핑계로 너저분해진 방을 뒤엎으며 가구도 재배치하고 옷장에 있는 옷을 다 꺼내어 겨울을 맞이할 준비를 한다. 그리고 늦은 오후가 되어서야 조용한 도서관에서 노트북을 열었다. 올해는 유달리 힘들었다. 작년부터 시작된 삼재 때문이라 믿고 싶다. 특히나 올해는 '눌삼재' 라고 더욱 조심하라는 경고 아닌 경고를 받았다. 미신일 뿐 그래서 '어쩌라고' 했지만 돌아보니 올해는 참으로 다사다난 했다.

일궈놓은 사업장의 위기, 건강 이상으로 수액 투여만 여럿, 입에 담기도 민망한 부끄러운 방황 그리고 교통사고와도 같은 넘어짐. 진짜 돌아버리겠다. 오죽했으면 가느다란 실에 꿰어진 염주에 의지하며 하루를 무탈하게 지나감에 감사하며 지내는 중이다. 삼재 2년 차, 사람은 적응의 동물이라던데 이제는 어수선하고 요란한 일상이 아무렇지 않게 느껴진다. 올해의 끝자락에 오니 마음의 여유가 조금 생겼다. 희소식이다. 나쁜 일만 생각할 것이 아니라 글을 쓰며 잘한 일을 떠올리며 올해를 잘 마무리하려 한다.

올해 제일 잘한 일로는 작은 용기로 영원한 내 편을 만났다. "지금 우리는 아주 가파른 산을 힘겹게 오르는 중이야. 올라가며 내가 나무에 표식를 해두고 있어."

"표식은 왜 하는 거야?"

"혹시나 우리가 다시 내려오는 일이 생기더라도 길을 잃지 않고 이 표식을 보고 다시 올라갈 수 있지 않을까?"

현생에 치여 답답하고 힘들어서 울며 속내를 털어내니 그가 나에게 해준 말, "잘하고 있잖아. 나 믿어, 같이 가자. 용기 내서 말해줘서 고마워"라고 말하곤 꼭 안아주었다. 이렇게나 따뜻한 사람이 내 앞에 나타나다니. 심지어 연하다. 전생에 나라를 구했던 걸까? 그냥 내가 콩깍지가 단단히 씌어버린 걸까? 이런 사람 앞에서 '힘들다, 더는 못하겠다.' 이런 말들을 내뱉고 있었다니. 미친 거다. 그와의 만남은 삶을 부정에서 긍정으로 갈아타는 계기가 되었다. 사랑해, 고마워 표현이 서툰 나에게 표현하는 방법을 알려준 사람이다. 모든 일에 감사해하며 부족한 부분, 불편한 부분을 정확하게 알고 채워주며 불안정한 나를 안정적으로 만들어 준 참 고마운 사람이다.

두 번째로는 현실적으로 세상을 직시하게 되었다. 부모님이라는 그늘 밑에 숨어 세상을 제대로 바라보려 하지 않았다. '회피'의 성향이 강했다. 경제적 독립이 되지 않은 채 무작정 때려치운 직장, 무계획으로 차린 공방, 행복만을 운운하며 상상 속에 갇힌 채 미래를 보려 하지 않고 하루를 무사히 보냄에 안도하는 '하루살이'였다. 그렇다고 해서 열심히 살지 않았다는 것은 아니다. 타인을 챙기기 전에 나를 챙기고, 효율적으로 살아보라는 이야기를 들었다. 그 당시에는 이게 무슨 말인지 이해할 수 없었지만 결혼을 결심하고 나의 상황과 통장 잔고를 확인하는 순간 그동안 들었던 뼈있는 말들이 이해되기 시작했다. 그와 동시에 번아웃이라는 불청객이 찾아왔다. 왜 이럴까 돌이켜보니, 경험을 쌓아야 한다라는 단순한 생각에 열정페이로만 일한 적도 있었으며 의욕이 넘쳐 과한 재료 사용으로 마이너스 페이를 받은 적도 있었다. 분명 좋아서 시작했고 일이 들어오고는 있으나 내가 쏟은 시간과 에너지에 비해 나의 삶은 윤택해지기는커녕 제자리걸음인 것만 같았다. 강의하는 일은 좋아서 시작한 일이지만 이에 대한 적절한 보상이 존재하지 않으면 이 일을 오래도록 지속할 수 없음을 깨달았다. 좋아서 시작한 일들이 점차 싫어졌다. 다시 안정적인 직장으로 돌아가고 싶었다. 일과 얽혀있는 인간관계까지도 전부 놓기 시작했다. 나를 위해 더는 모든 것을 품고 가지 않기로 했다. 과감하게 버릴 것은 버리고 챙길 것은 챙기고 모든 일에는 득과 실이 있듯이 적절하게 줄다리기 하며 미래를 살아가려 노력할 것이다. 조금 더 현명한 사람이 되어야만 한다.

'20대 후반인데 이제야 깨닫다니. 이제라도 깨달아서 다행인 건가?'

마지막으로는 내가 불행하지 않다는 것을 깨달았다. 올해를 되돌아보면 감사하고 행복한 일이 가득하다. 가족들과의 추억, 동생들의 취업, 남자친구와의 추억, 다양한 선생님과 학생들을 만난 것, 왜 더할 나위 없이 행복하고 평화로운 이 일상을 그동안 감사하다고 느끼지 못했을까. 이렇게 가까이 있었는데, 이렇게 쉽게, 공짜로 느낄 수 있는데 병신같이. 삼재를 운운하며 내게 온 어두운 그림자만을 붙잡고 늘어진 내가 부끄럽고 한심하다. 기쁜 일, 슬픈 일, 나쁜 일, 더 나쁜 일이 수도 없이 스치는 것이 인간의 삶인데 되돌아오지 않는 나의 일상을 삼재라는 미신에 투영하여 묶어버리려 했으니 말이다. 나의 화려한 20대 후반을 이렇게 보내고 싶지 않다.

어쩌면 삼재는 주변을 더욱 살피고 조심하라는 의미인지도 모른다. 전쟁이 일어나도 새 생명은 태어나고 아스팔트 사이에서도 풀이 자라나고 꽃이 핀 듯이 강하게 압박하고 억압하는 지금의 상황들이 나를 더 단단하게 만들어 주는 과정이라고 믿는다. 내게 일어난 일들이 나를 돌아보고 반성하게 하며 성장시키기 위한 과정일 뿐 불행이 아닌 기회라 생각할 것이다.

100세 인생이라고 했을 때, 앞으로 대략 7번의 삼재를 더 맞이한다. 이 구간을 긍정적으로 해석하고 싶다. 이제 담담하고 당당하게 삼재를 맞이할 자신이 생겼다. 그때가 되면 또다시 힘들고 넘어지고 일어나기를 반복하겠지만 이 기록이 후에 나에게 큰 위로가 되기를 바라본다.

"불행의 횟수보다 행복의 횟수가 더 많지 않나요?"

마음대로 되진 않아도 경험은 쌓이더라고요

자녀가 있는 선생님들과 이야기를 나누던 중 정말 충격적인 이야기를 들었다. '개근거지' 현장학습을 이용하여 해외여행이나 국내여행을 가지 않는 무결석생을 칭하는 단어라고 한다. 순한 멍했다. 개근상은 성실함의 지표라고 생각했는데 단순히 여행을 가지 않아 생긴 단어라니 씁쓸하다.

"경험이 뭐라고 생각하세요?"

대학생 시절 창업과 관련된 교과목에서 교수님께 들은 질문에 "여행 가서 보고 느끼는 것입니다."라고 당당하게 이야기했다. 경험이라고 하면 단순하게 여행, 놀러 가기 등 다양한 공간을 경험하고 몸소 느끼고 그런 것들이 경험인 줄만 알았다. 하지만 멀쩡하게 다니던 직장을 그만두고 맨몸으로 마주한 사회에서의 경험은 조금 다르게 느껴졌다.

자금이 없던 시절 정부지원사업을 통해 자금조달에 도움을 많이 받았다. 사업을 따내기 위해서는 사업계획서를 작성하고 자금을 어떻게 사용할 건지 등 서류를 낸 후 선발이 되면 면접을 보는 방식으로 운영된다. 나의 첫 지원사업은 그야말로 엉망진창이었다. 자기소개서만 써봤지 사업 계획서가 뭔지도 몰랐다. SWOT는 또 뭐냐며, 치기공학과 출신이 경영과 관련된 공부를 하려니 머리가 터지는 줄 알았다. 서류 준비만 한 달 이상, 겨우 서류를 쓰고 붙었긴 붙었는데 면접이 문제였다. 예상 질문도 생각나지도 않고 나이가 지긋한 전문가들 앞에서 이야기하려니 온몸이 떨리고 미치는 줄 알았다. 바들바들 떠는 초보 창업자가 가여웠는지 운 좋게도 합격도장을 받을 수 있었다. 다음해에 또다시 정부지원사업에 도전했다. 어떻게 해야 할지 고민도 하지 않았으며 겁나지도 않았다.

서류 작성 2일, 면접은 그냥 내가 생각하는 사업체에 대해 있는 그대로 이야기했다. 1년 정도 많은 사람을 만나고 기관과 협업하며 일해 본 결과 어차피 사람 대 사람으로 일하는 것이고 진심은 언제나 통한다는 것을 깨달았기 때문이다. 모르면 눈치 보지 않고 당당하게 질문하고 부딪혀 보면 된다. 그렇게 나의 두 번째 정부지원사업도 해피엔딩으로 끝이 났다.

경험의 정의가 완벽하게 바뀌었다. '여행을 하는 것 → 상황을 겪는 것' 특정한 상황을 겪고 그것을 극복하는 과정에서 많은 경험치가 쌓인다. 그리고 다른 문제에 마주했을 때 당황하지 않고 응용하여 다시 일어날 수 있는 능력이 생긴다. 오늘도 축적된 경험 데이터를 바탕으로 잘 살아남기 위해 노력하고 있다. 경험이 쌓이니 자신감이 생겼다. 일이 터지더라도 그것을 완전하게 놓아버릴 사람이 아니라, 해결을 위해 두 발로 뛰는 사람이라는 것을 나 스스로 믿고 있기 때문이다. 무슨 일이 나에게 일어나더라도 시간이 약이라는 말이 있듯이 물 흐르듯 자연스레 넘어갈 것을 잘 알고 있다.

다만, 아쉬운 것이 있다면 나 자신을 사랑하지 못하고 있다는 점이다. 항상 부족한 사람이고 못난 사람이라고 생각했다. 남에겐 한없이 관대한 내가 나에게는 왜 이리 야박한지 모르겠다. 하지만 눈을 감든 말든 활짝 웃는 모습이 담긴 남이 찍은 내 사진이 좋아졌듯이 이 또한 점차 괜찮아 지리라 믿는다.

여전히 바쁘고 부지런하게 살고 있다. 결혼 준비를 하고 있고 공방을 운영하고 강의도 하고 있다. 물론 그 와중에도 뜨겁게 연애하면서. 금방이라도 금이 갈 것 같은 유리 멘탈을 끊임없이 메우고 소중한 친구 혜롱이를 잘 달래가면서 서두르지 않고 천천히 앞을 향해 전진하고 있다. 넘어질 수도 있고 크게 다쳐 다시 일어나는데 시간이 걸릴 수도 있다.

하지만 혼자가 아니다. 항상 곁을 지켜주는 가족들과 평생 친구가 되어줄 예비 신랑이 있기 때문이다.

"사랑하는 사람이랑 어딜가도 좋은 거 보니 저는 콩깍지가 벗겨지지 않았나 봐요."

Epilogue

엄마, 나도 엄마만큼 열심히 살아

청년의 나이를 만 19세에서 만 39세까지 구분해 두긴 했지만, 만 39세의 청년이 만 40세의 중장년이 된다고 해서 삶이 갑자기 어른스럽게 달라지진 않는다. 청년은, 아니 사람은, 그러니까 우리 모두는 겪어온 환경에 가치관과 성격, 취향, 능력까지 영향을 받아 자랐고 가족 구성원들과 경험과 기억이 겹치고 어딘가 닮은 모습이다. 우리가 지금 하고 있는 고민의 대부분은 어렸을 때부터 이어져 내면의 깊은 상처와 연결되어 있기도 하고, 오랜 트라우마를 간직한 채 현실을 살아가기도 한다.

나는 가족과 함께 살면서 엄마에게 여성으로서, 엄마의 삶을 배웠다. 어렸을 적부터 청소년 시기까지 엄마 외에 사는 법을 가르쳐주는 사람은 없었다. 학교와 책은 살면서 필요한 지식을 알려 주었지만 삶의 지혜, 사는 방법, 세세하게 해야하는 순간적인 선택, 내가 한 선택에 대한 책임, 그 후에 오는 감정을 받아들이는 방법까진 알려주지 않았다. 철이 없었으니 '살고 있다' 는 것조차 인지하지 못했다는 게 더 맞는 말인지도 모르겠다. 그 시절엔 배움보다 친구들과의 추억을 만들었고 학교는 출석 일수를 채우면 졸업시켜 주었다.

졸업 후엔 세상에 덩그러니 혼자 던져진 기분이었다. 마치 엄마가 알려준 삶의 지혜는 구닥다리고 친구들과 함께한 소중한 추억은 아무 쓸모 없다는 듯이, 세상은 갑자기 학교에서 배운 양보와 배려보다는 내 몸 제대로 건사하면서 나 자신을 위해 살면서 자존감까지 찾으라고 했으니까.

정말 평범하게 자랐다. 어린이집을 다니고 초, 중, 고등학교를 졸업하고 대학생이 되면서 대한민국의 청년이 되었다. 초등학교 때 조금 똑똑하다는 소리를 들었는데 그건 조금 빨리 자라서 인듯하고 특별히 잘난 점도, 다행히 못난 점도 없었다. 나이가 들고 친구들이 성장하면서는 중간 정도 했다. 적당히 노력했고 꼴등 한 적은 없었기에 평범하게 살고 있다고 생각했다.

공부로 평범함을 말하는 게 우습긴 하지만, 공부만큼 편리한 기준도 없다. 그때의 나는 일등이 되어서 주목받고 싶지 않았고 꼴등이 되어 뒤처지고 싶지도 않았다.

성실하고 건강하신 부모님, 언니와 동생. 엄마는 없는 살림을 쪼개서 원하는 건 다 해주셨다. 중간에서 눈치의 필요성을 습득한 둘째는 원하는 걸 줄이는 습관이 철저하게 들어가며 자랐다. 고등학교 때부터 부모님께 손을 벌리기가 싫어졌고, 핸드폰을 바꾸고 싶거나 갖고 싶은 게 있으면 아르바이트로 직접 돈을 벌었다. 그래서 친구들이 모두 놀 때 나만 일하는 속상함과 땀 흘려 일한 돈으로 원하는 물건을 사는 소중한 기쁨을 잘 안다. 아빠는 매일 새벽 일찍 출근하셨기에 얼굴을 제대로 마주 본 기억이 별로 없다. 가족을 책임지는 마음으로 그 새벽에 집을 나서는 마음을 생각하면 이제야 가슴이 시큰해진다.

엄마는 우리 셋을 똑같이 키웠다. 마이마이도 세 개, 학습지도 세 개, 운동화도 세 개. 엄마가 원하는 건 뭐였는지, 엄마의 생일날 선물은 고사하고 뭘 먹었는지도 기억나지 않는다. 반찬값을 아끼고 엄마가 하고 싶은 걸 참으며 우리 셋에게 똑같이 해주려 애쓰셨을 거다. 어렸을 적 보았던 부모님의 아등바등,

전정긍긍 하던 모습이 배울 점이라는 건 어른이 되고 한참이나 지나서야 깨달았고 온몸으로 그 시간을 간직하고 있기에, 부모님이 물려준 것들로 삶을 지탱하며 버텨내고 있다. 이제 늙고 힘이 없지만 젊은 날을 아쉬워하지 않으며, 취미도 특기도, 흔한 명품 하나 없이 여전히 우리 셋을 바라보며 사는 부모님을 보면서 엄마가 왜 그렇게 반찬값을 아꼈는지, 아빠가 왜 그렇게 성실하게 일하셨는지 헤아려 볼 뿐이다.

큰 꿈을 꿔본 적 없다. 울산에서 태어나 고등학교까지 다녔는데 단 한 번도 서울로 가서 큰 세상을 보며 꿈을 펼치고 싶다고 생각하지 않았다. 엄만 고등학교를 졸업한 후 앞으로의 나의 미래, 결혼 후 엄마로서의 삶에 대해 자주 말해주셨기에, 엄마의 모습과, 친구들과 그려본 흐릿한 꿈, TV와 영화 속 어떤 장면이 미래의 전부였다. 내가 자라서 엄마가 되는 건, 지극히 자연스럽고 예외 없이 당연했다. 결혼하지 않는다는 선택지를 이미 상실한 채로, 스무 살이 되면 어른이 될 텐데, 결혼해야 하니까 아빠 같은 사람 만나서 엄마처럼 살아야 하는 건가, 좁디 좁게 어린 마음으로 진지하게 고민했었다.

대학교에 들어가서 같은 교복을 입지 않은 친구들을 만났다. 서로 다른 옷을 입고 있는 건 서로 다른 생각을 해도 된다는 허락 같았다. 학교에서 급식을 공짜로 주지 않으니 매번 밥을 사 먹으면서 먹고 살기 위해선 돈이 필요하다는 걸 알게 되었다. 다른 머리모양, 다른 색깔의 신발, 모자, 누군 손에 들고 누군 어깨에 가방을 멘 친구들은 모두 생경했다. 그제야 세상은 아는 만큼 보이고 노력이라도 해야 나아갈 수 있음을 깨닫고, 눈으로 보고 몸이 서 있을 세계를 스스로 넓혀야 한다는 걸 흐릿하게나마 느꼈다. 그건 아무도 알려주지 않는 오롯이 내가 헤쳐 나가야 할, 나에게 주어진 몫이었다. 직접 선택하는 시간표, 교수님에 따라 다른 성향의 수업 스타일, 어디서 듣지도 보지도 못했던 공부인 줄도 몰랐던 공부, 주관이 뚜렷한 친구들, 서로 다른 꿈을 꾸는 친구들 사이에서 집에서 배울 수 없는 것들을 배우고 익혀 나름의 세계를 넓혔다. 공부가 재미있다는 것만 깨달은 채, 대학 역시 평범하게 졸업해서 전공을 살리지 못하고 적당히 취업했고, 몇 번의 연애 후 결혼했다.

결혼이 인생을 바꿀 거라 생각해 본 적 없었다. 신중하게 고민이 필요했던 일인가. 그냥 엄마, 아빠처럼 살 줄 알았다. 누군가와 함께 어떻게 살아야 하는지, 어떤 마음가짐으로 어떻게 배려하면서 나를 지켜야 하는지 몰랐다. 인간관계에서 문제가 생길 때 손절하면 그만이라는데, 손절은 아주 위대한 일이었고 쉽게 내뱉을 수도, 감당되지도 않는 일이었다. 그 후의 외로움과 상실감, 즉 나 자신에게 남은 감정이 더 문제인 경우는 미친 듯이 혼란스러웠다. 결혼이란, 손절할 수 없는 사람이 생기는 일, 사람을 상실하지 않는 일, 한 지붕 아래 누군가 내 옆에 계속 있는 일, 그러니까 남은 감정들을 모조리 껴안고 사는 일이었다. 부모님에게 보고 배운 삶, 엄마를 보고 배운 여자로서의 삶, 간접적인 가르침 또한 집에서 일어난 일이 전부였으니 마주한 현실을 볼 눈이 깊을 도리가 없었다.

아빠는 일하느라 바빴고, 엄마 역시 작정하고 결혼 생활을 가르친 건 아닐 것이다. 엄마는 엄마 방식대로, 엄마 세대의, 여자로서의 삶으로 결혼 후의 삶을 보여주었을 뿐이다. 엄마가 가르쳐준 결혼은 행복을 말했지만, 사람보다는 여자, 여자보다는 엄마로서, 주부로서의 의무감이 강했다. 당신의 삶을 버리고 가정을 위해서 희생하는 삶, 아마도 당신은 그게 행복의 전부라 믿으며 살아왔을 테다. 엄만 대학교까지 나왔으니(보내주었으니) 적당히 회사에 취직해서 한 달에 백오십만원 받아서 백만원 저금

하고 오십만원은 용돈으로 쓰라 했었다. 그 정도면 저축도, 용돈도 넉넉할 거라고. 하고 싶은 거 다 하고 먹고 싶은 거 다 먹고 마음껏 즐기다가 아빠 같은 사람을 만나서 결혼하면 그게 행복이라고 했다. 어쩌면 엄마가 해줄 수 있는, 엄마의 꿈이 담긴 최선의 결혼 교육인지도 모르겠다. 그저, 여자는, 결혼을 하면, 출산을 하면, 엄마는 그렇게 살았다고, 엄마가 살아 보니 이런 게 좋더라고, 시대의 삶을 반성하듯 엄마는 말하고 딸은 들었다.

정작 결혼 전 했던 고민은 짧았고 지극히 단순했다. 다들 하니까, 일단 해야 하는 일이라 고민이라기보다 불안이었다. 계산할 수 없는 사랑만큼 계산할 수 있는 것들도 중요했는데, 뭐가 답인지 알 수 없었다. 이 나이에, 이 정도 남자와, 이 정도를 가지고 새로운 시작을 하면 잘하는 걸까. 내 삶의 마이너스는 아닐까. 아니길 바랄 뿐이었다. 엄마의 가르침과 삶은 고스란히 나의 무의식에 박혀 있어 나를 위한 결혼, 결국 내가 행복해야 할 결혼 후의 삶이 잘 받아들여지진 않았던 듯하다. 시대에 뒤처지는 사람 같아도 어쩔 수 없었다.

남들처럼, 이십 대 때는 열심히 일하고 즐기고 돈을 모아서 삼십 대가 되면 결혼해야지 생각했다. 한 해, 한 해 지날수록, 회사 생활을 하고 돈을 모아 통장에 저축한 금액이 늘수록, 연애하고 이별하고 이직하고 여행을 다니는 경험이 많아질수록 무언가 석연찮았다. 어차피 결혼하고 아이 낳고 내 삶은 접고 살 텐데, 대학교에서 공부는 왜 하라는 걸까, 최후의 만찬 뭐 그런 건가. 이런 질문에 세세하게 대답해 주는 사람은 아무도 없었다. 이 혼란한 상태를 궁금해하고, 솔직한 마음을 물어봐 주는 사람도 없었다. 엄마의 대답은 엄마 시대의 정답이었다. 정답은 없고 방법만 많은 지금 듣기엔 묘한 반발심이 생긴다. 친구들과의 대화는 뻔했고 남자친구와는 감정이 앞서 싸우고 화해하기 바빴다. 내 마음도 제대로 모르는 상태에서, 나 자신을 사랑하면서 타인을 사랑할 마음의 준비가 되어 있을 리 없다. 사랑을 배운 적 없었으니 감정 조절을 하지 못했고 결혼 후의 삶을 그려볼 여력도 없었다. 더구나 이십 대에는 우선 돈을 벌어야 했고 결혼 후의 삶 말고도 배워야 할 것들이 너무도 많았다.

나이가 들면 친구들끼리도 완전히 솔직해지지 않는 시점이 온다. 굳이 나의 혼란을 알리고 싶지 않아서, 잘 살고 있는 모습을 보이려고, 나의 불안을 타인에게 전해지는 게 싫어서, 속내를 감추고 숨기고 싶은 것들은 숨긴다. 한참 수다를 떨어도 돌아서면 도대체 무슨 말을 하는 건지 모를 그런, 말과 표정이 일치하지 않는, 어느새 친구들 역시 굳이 삶의 불행과 슬픔을 모두 말하지 않는 어른이 되어 있었다.

결혼과 출산, 그 흔했던 말

몇 번의 사랑과 이별을 반복하고 나름대로 사랑의 의미가 정의되어 갈 때쯤 다행히 착한 사람을 만났고, 사랑하게 되었고, 서른둘에 결혼했다. 이르지도 늦지도 않았다. 이 또한 평범하고 적당했다. 그때 적당했다는 판단이 나의 확신인지, 타인의 평가인지는 여전히 잘 모르겠다. 한 가지 분명한 건 많은 사람들이 적당하다고 해서 무한히 안심했다는 거다. 우리는 둘이 돈을 모아 전셋집을 구하고 신혼을 보내고, 지금 아이 없는 부부가 되었다.

우리 부부가 아이를 일부러 낳지 않는 건 아니다. 사회가 정의하는 딩크 부부도 아니고 아이에게 나의 인생을 희생하지 않겠다는 선언 같은 건 더더욱 없다. 다만 아이를 낳기 위해서 시간과 비용을 억지로 쓰지 않으며 지금의 삶을 살아갈 뿐이다.

우리는 꿈을 꾸고 실현하면서 산다. 남편의 꿈은 해외에 공장을 짓는 것이고 나의 꿈은 평생 글을 쓰며 교양 있는 할머니로 늙어 가는 것이다. 서른 중반에, 돌고 돌아와 너무나도 소중한 평생의 꿈을 찾았다. 우리는 각자의 꿈을 향해 열심히 살고 있고 서로에게 도움 되는 배우자로서 뿌듯하며 행복하다. 8년이 넘는 시간 동안 대화하고 다투고 나를 양보하고 상대를 배우면서, 서로에게만 집중한 결과 맞춤형 배우자가 되어 줄 수 있었다. 청년의 끝자락 정도 되니, 조금 여유를 느끼며 겨우 살만하다. 타인의 말에 휘둘리지 않고 감정 조절하면서 결혼 생활에서도 안정감을 느낀다. 함께한 시간이 쌓여 말하지 않아도 서로의 기분과 선택을 알고 싫어하는 일을 하지 않고, 어떻게 위로하고 응원해야 하는지 잘 안다. 나 자신을, 가족을, 타인을, 그리고 세상을 사랑스러운 눈빛으로 바라보면서 사는 게 어떤 건지, 그 평온함의 가치를 겨우 배운 것 같다. 이런 우리에게 출산은 현실을 깨뜨릴 변수이자 숙제다.

내 삶에서 내가 직접 한 선택은 얼마나 되나. 자유롭지 못했던 학교생활, 갇힌 듯 바라보았던 세상, 무엇이 더 좋은 나쁜지

본질을 고민하지 못했던 주입식 교육이 만들어 놓은 틀에서 안정감을 느끼면서도 갑갑했다. 어찌해야 할지 모를 때마다 사회가 결정해 주어서 작게 실패할 기회를 놓친 기분이라고 할까. 어찌해야 할지 모르겠다고 고민할 자유를 박탈당한 기분이랄까. 우리나라 교육 시스템과 사회적 분위기가 그러했을 뿐 내 등을 떠민 사람은 아무도 없으니 원망할 생각은 없다. 반항하지 않은 것도, 비판하지 못한 것도 결국 삶에 이루어 놓은 나의 선택이자 그 선택에 의한 결과물들이다. 물론, 그 교육 시스템 속에서 획일적으로 움직이면서 배우고 나름의 성격을 형성하여 지금만큼의 사람이 되어 있음을 잘 안다. 사회가 정해놓은 시스템에 맞춰 움직였기에 별달리 좌절하지 않고 평범하게 살 수 있었을 테니까. 다들 그렇게 하니까, 지금은 공부할 시기니까, 취업할 시기니까, 결혼할 시기니까, 출산할 시기라고, 둘째를 생각해야 할 시기니까, 라고 나 자신을 채찍질했을 뿐.

이십 대는 한창 좋을 시기라는 말은 여전히 잘 모르겠다. 지금 이십 대로 돌아가라고 하면 전혀 달갑지 않다. 재능과 장점도 명확히 모르면서 직업을 정하고 성실하게 살아야 하는 삶, 목적을 모르는 노력, 사실 특별한 재능이 없는 사람일지도 모르는데, 가진 것 없이 다시 사회에 적응해 갈 일은 생각만 해도 막막하다. 지금도 세상은 내 능력을 아는지 모르는지 조금 노력하면 달아나 있고 조금 자리 잡으면 달라져 있고, 착하거나 애써도 무시해 버릴까 봐 숨이 막힌다. 생기 있어야 하고 이것저것 도전해야 한다는, 가능성이 무한하며 무엇이든 할 수 있다고 잔뜩 기대받는 이십 대는, 특히 스무 살은 사실, 스스로 할 수 있는 능력도 돈도 없다. 이 철저한 자본주의 세상에서 방금 교육 시스템에서 벗어나 이제 시작하는 청년들에게 한창 이쁠 때라니. 하고 싶은 거 다 하라니. 도전할 수 있음이 특권이라는 말도 우습다. 그들에게 주어지는 건 약간의 인턴이나 수습의 자리, 할인 티켓 뿐이다. 주변 사람들에게 다시 스무 살로 돌아가고 싶냐고 물어봐도 대부분 고개를 젓는다. 다양한 도전을 하며 열정을 쏟는 것은 그 나이니까 당연히 할 수 있는 특권이 아니라, 해맑게 행복할 시간, 편안함을 포기해야 하는 희생을 요구하는 노력이며 그 자체가 엄청난 능력이다.

회사 생활을 시작하면서는 조직 안에서 착해야지, 겸손해야지, 어른들 말씀 잘 들어야지, 그렇게 수동적으로 살아야 했는데, 또 회사 밖에서는 정반대라는 게 정말 적응되지 않았다. 적응만 해도 아주 많은 시간이 필요했다. 정해진 시스템에 맞추어, 적극적이며 능동적이어야 한다는 사회적 요구와, 일만 하는 기계가 되지 않기 위해서, 사람답게 살기 위해서는 퇴근 후 꿈과 자존감을 찾아야 했다. 나는 분명 한 사람인데 마치 마법을 부려 두 사람이 되라는 말 같았고, 하나의 자아로는 도저히 견디기 힘든 시스템이었다. 물론 사람은 적응의 동물이니까 반복적으로 훈련하면 익숙해질 수야 있겠지만 이 또한 삶에 지치고 사사로운 뒷걸음질도 실패라 느끼는 이유가 되지 않았을까.

부모님이 나를 아끼고 사랑으로 키우셨다는 걸 누구보다 잘 안다. 집만큼 안전한 곳도 없다. 이제 제법 사람을 볼 줄 아는 나이가 되었는데 부모님보다 더 나를 사랑하는 눈빛으로, 걱정하는 목소리로 말하는 사람을 본 적이 없다. 학창 시절엔 엄마의 말대로 한 달에 백오십만원만 받으면 행복하게 살 수 있다고 믿었지만, 시대는 발달했고 물가는 치솟아 이젠 백오십만원을 다 써도 하고 싶은 거 다 하면서 행복할 수 없다는 행복의 기준이 생겼다. 지금은 백오십만원은 쓰는 데 십 분도 걸리지 않고 한 달 월급으로도 턱없이 부족한 돈이다. 사회의 뼈저리는 경험이 많아질수록 엄마에게 배운 건 많은 것들이 틀렸음을 알게 되었고, 나는 엄마의 말 중에 틀린 말, 시대에 뒤처지는 말이 있다는 걸 조곤조곤 따지는 딸이 되었다.

결혼하고 한 달쯤 지났을 때, 엄마는 딸 하나 낳으라고 말했다. 어렸을 때 내가 그렇게 예뻤다며, 나를 닮은 딸이었으면 좋겠다고. 신혼 초 우리는 작은 아파트에 전세로 살고 있었고 집안일을 동등하게 하자고 약속한 맞벌이였다. 임신과 출산은 대화를 통해 조절하고 함께 나눌 수 있는 집안일과는 달랐다. 중소기업을 다니면서 공평한 임신과 출산은 불가능했다. 엄만 가끔 안부 전화로 딸을 낳으라는 말이 통하지 않자, 조르기 시작했다. 나는 흔한 잔소리라 생각하고 한 귀로 듣고 한 귀로는 흘렸다. 몇 달이 지나도 소식이 없자 딸 하나만 낳아주면 안 되냐는 부탁으로 이어졌다. 애원이고 사정이기도 했다. 언니에게 아들 둘이 있으니, 아들은 이제 필요 없단다. 딸 하나만 있었으면 여한이 없겠다고, 마치 유언처럼 말하기도 했다. 엄마는 그저 편하게, 딸에게 딸을 낳으라고 말했겠지만, 막상 딸 생각이 없는 딸은, 엄마 집에 가는 일도 전화하는 횟수도 줄어들게 되었다.

그때 한창 아이를 낳아야 할까, 고민하고 있었다. 결혼했으니까 당연히 말고, 결혼이란 보편적이고 단순한 이유 말고 더 확실한 이유를 찾아야 삶의 방향을 정하고 마음을 먹을 수 있었다. 얼마나 예쁘고 귀여운 줄 아냐는 말에는 설득되지 않았다. 그럼 못난 아이가 태어나면 어떻게 하란 말인가. 네 핏줄 갖고 싶지 않냐는 말도 이유가 되지 못했다. 그 아이는 핏줄이기 이전에 자아를 가진 하나의 생명체인데 소유물처럼 생각하는 건 불편했다. 나중에 나이 들면 애 보면서 산다는 말도 싫었다. 그 이상으로 남편을 사랑한다고 믿었으니까. 태어난 아이가 내가 원하는 가족상을 따른다는 보장이 어디 있나. 내가 생각하는 미래의 가족상은 각각의 존재감을 존중하면서 사는 삶에서 오는 화목함이지, 가족끼리 똘똘 뭉쳐 서로를 위한 구속과 희생이 당연하지 않았다. 나는 아직 그 답을 찾지 못하고 있다.

이제 결혼하고 8년이 지났고 엄마도 많이 변했다. 요즘은 엄마도 여자로서의 삶보다는 나로서의 삶이 더 중요한 세상이라고 말하면서 하고 싶은 거 다 하면서 행복하게 사는 게 가장 중요하다고 한다. 아들 둘을 키우는 언니의 힘듦을 애처로워하면서 좀 편하게 살았으면 좋겠다고. 그런데 끝에는 여전한 말이 이어진다. 그래도 딸 하나는 있어야지, 해외에 공장을 짓는 게 꿈이라는 남편을 두고 에둘러, 그래도 부부는 함께 살아야지. 그런 말이 오갈 때마다 우리의 꿈을 부정당하는 느낌이라 가슴 깊은 곳이 불편하다. 엄마를 참 많이 사랑하고 엄마의 성격을 잘 아는데도, 아무리 들어도 익숙해지지 않는다. 분위기와 뉘앙스만으로도 자꾸 지금 아이 없는 너희 부부는 이상한 부부라며, 우리가 뭔가 잘못하고 있다고 찌르는 듯한 느낌적인 느낌, 지금이라도 임신했다고 하면 아마 자다가도 벌떡 일어나 춤이라도 출 것 같은 엄마를 떠올리면 미안함을 담은 죄책감도 함께 느껴진다.

나는 코로나19로 회사에서 권고사직을 당하고 그 후로 글을 쓰면서 살게 되었는데, 권고사직의 충격이 가시기도 전에 이상한 부럽다는 말을 들었었다. 작가는 글만 쓰면 되니까 이제 임신 준비하기 좋지 않냐고, 글 쓰는 건 언제든, 아무 데서나 할 수 있어서 좋겠다고. 일 그만둔 김에 임신하면 되겠다는 가벼운 말들이 권고사직의 상처를 찔렀다. 이 상처는 아이를 낳고 싶지 않는 흐릿한 이유가 되어 가슴 속에 남아 현실과 이어지고 있다.

지금 우리 부부는 아이를 낳아 키우기에 적합하지 못한 상황이다. 건강상의 문제를 차치하더라도, 남편은 외국에, 나는 한국에 있다. 만약 임신을 하면 남편이 한국으로 들어오고 나는 글 쓰는 일을 그만두고 출산 후 다시 글을 쓰려고 시도하겠지만 그 시도가 사회에 통하란 법은 없다. 육아와 작가의 삶에 밸런스를 맞추어 씩씩하게 잘 영유해 나갈 자신도 없고. 만약 우리 부부가 아이를 낳는다면, 삼 개월에 한 번씩 한국으로 들어와 2주 정도 있는 남편을 대신해 내가 혼자 육아해야 한다. 남편은 한국지사로 발령을 신청하고 꿈을 포기하고 한국으로 들어와야 하는데 그게 과연 잘된 일일까. 남편이 한국으로 들어오지 못한다면 내가 모든 걸 혼자 감당해야 한다. 결혼했으니까, 그게 부모고 그렇게 사는 거라고 위로하며 꿈같은 거 꾸지 않고, 포기하면 얼마든지 가능한 일이기도 하다. 엄마는 그렇다고, 부모가 되면 그래야 한다고. 여자의 삶은, 부모의 삶은 그러하다고 다독이면서.

우리가 작정하고 비출산을 계획했던 건 아니다.(지금도 여전히 딩크가 아니다) 직장인의 결혼에는 타협이 없었다. 신혼여행지를 유럽으로 정해놓고 연차를 썼는데, 결혼식 전날 늦게까지 자리를 비울 동안의 일을 처리하기 위해 야근을 해야 했다. 유럽 여행의 낭만에 취하기에는 그게 현실이었다. 결혼 후, 약 2년 정도 신혼을 즐기고 우리도 아이를 갖자고 막연히 말했었다. 결혼했으니까 당연히, 다들 낳으니까 말고 구체적인 이유를 찾지 못했지만, 그러기로 했었다.

남편과 전날 밤 약속하고도 다음 날 사무실에 앉으면 막막했다. 회사는 어떻게 해야 하나. 다니고 있던 회사에서 출산 휴가를 시도한 직원이 딱 한 명 있었다. 그 직원은 출산휴가 전날까지 근로자의 권리에 관련된 법률을 알아보며 매일매일 계산기를 두드리며 스스로 대책을 세웠다. 법에 명시된 내용과는 다르게 현실에서 출산 휴가는 회사를 향한 부탁이었고 받아들여질 수도 있고, 그렇지 않을 수도 있는 힘없는 권리였다. 그 과정 자체가 억울한 누명을 쓴 사람처럼 버거워 보였다.

일하는 게 좋고 사회에서 필요한 사람이고 싶다. 로또에 당첨이 되어도 글쓰기를 놓지 않을 것이다. 집에서 아이만 바라보며 사는 삶은 자신 없었다. 그때 최고를 찍고 있던 연봉이 나의 자존심이었는데, 출산 휴가 후 다시 돌아왔을 때, 그 연봉으로 회사에서 받아준다는 보장은 없었다. 6개월에서 1년은 자리를 비워야 하기에 양심의 가책이 느껴져 당당하게 요구하지도 못했다. 이건 법과 상관없이 함께 일한 동료에 대한 예의이자 미안함이었다. 내가 없는 동안 일을 나눠 처리해 줄 동료들, 어쩌면 승진에 밀리는 것도 당연했다. 이유야 어떻든 공백기는 생기니까. 가장 두려운 건 나 자신에 대한 확신이 없는 것이었다. 아이가 아프면, 밤에 잠을 제대로 못 자면, 혹시 몸 회복이 안 되어 컨디션이 좋지 못하면 회사에 민폐를 끼치는 직원이 되지 않을까. 어디까지가 권리이고 복지인지 알 수 없었다. 지금 회사를 그만두고, 원하는 만큼 아이를 키우고 다시 다른 회사에 취업하는 건 불가능해 보였다. T/O가 없었다. 물론 제조회사에서는 전혀 필요 없는 신문방송학과를 전공한 내 잘못도 있겠지만, 어쨌든 지금까지의 업무 능력을 인정받는 연봉으로 정상적으로 사회로 복귀할 방법은 없었다. 나에게 필요한 기준 법을 알아보는 과정은 더욱 험난하게만 느껴졌다. 직접 고용노동부에 명시되어 있는 법을 찾아야 했고 어려운 용어들을 해석해야 했다. 나에게 적용되는지를 판단하여 회사를 상대로 적극적으로 제안해야 했다.

출산 휴가는 알아서 해주는 당연하고 평온한 휴가가 아니다. 긴 업무 공백이 생기는 현실이면서, 어쨌든 회사는 돌아가야 하는 사업체이고 누군가는 그 일을 해야 한다. 일을 처리할 수 없다면 곧 필요 없는 사람이 되는 일이다. 출산과 관련된 법을 찾으면서도 마음이 무거웠다. 회사와 적대적인 관계가 되어 이렇게까지 요구해야 하는지, 하는 생각이 앞섰다. 아이를 갖지 않으면 극복하지 않아도 되는 불편함이니까.

어느 날, 친척 어른에게 너는 임신 준비 안 하고 다이어트 하냐는 말을 들었다. 유독 상체가 마른 나의 몸을 자세히도 보고 한 말씀이었다. 갑작스런 반말로, 마치 죄인에게 죄를 추궁하는 듯한 말투로 왜 애가 생기지 않느냐고, 아이가 생기지 않는 이유가 너무 말라서 그런 거 아니냐고. 답은 몰랐다. 불편해야 할 그 말에 나는 불안했다. 혹시 그동안 예뻐 보이기 위해 했던 다이어트 때문에 정말 아이가 생기지 않는 건 아닌가. 그날부터 나는 잘 먹었다. 소고기와 전복을 잔뜩 넣고 미역국을 끓이고 살이 붙을 만한 음식을 골라 먹었다. 두 달 사이 십 키로가 넘게 쪘지만 아이는 생기지 않았다.

병원을 가보는 것도 문제였다. 둘 다 회사원인데 병원을 가기 위해서는 연차를 써야 했다. 회사에 사생활을 알리고 양해를 구해야 가능한 일이었다. 매달 하나씩 쓸 수 있는 연차 또한 한계가 있었다. 난임 과정은 모두 여자의 몸에 진행한다. 몸이 다른 남, 녀는 동등할 수 없었다. 이 또한 억울했지만, 이 문제들이 정말 나 때문인가 하는 죄책감이 나를 더욱 괴롭혔다. 시술을 시작하면 호르몬의 변화, 몸의 변화가 있을 텐데 회사 생활을 계속할 수 있을까. 출근할 때마다 유니폼을 입었는데 몸이 부으면 유니폼을 입을 수 있을까. 답답하게 느껴지던 유니폼이 간절해졌다. 더구나 자주 자리를 비우게 될 텐데 자리를 지킬 수 있을까. 이런 나를 보며 사람들은 무슨 생각을 할까.

불편한 상황과 불안은 나에게만 생겼다. 병원을 다니고 몸의 변화를 겪는 일, 임신은 내일 당장 일어날 변화이자 회사 생활에 치명적인 문제점이었다. 남편은 멀쩡하게 회사를 다니면 그만이었다. 아니, 그게 남편의 역할이자 책임이었다. 어쩌면 사회에서 무능해질 나를 책임지기 위해서 더 열심히 일해야 했으니까. 실제로 남편은 그렇게 사랑을 표현하기도 했다. 나에게는 사회생활의 생존이 걸린 대안이 없는 문제였지만, 남편은 '열심' 이 걸린 문제, 더 열심히 일을 하면 해결되는 일이었다. 남편을 원망할 일은 아니었기에 탓할 대상도 없었다. 남편과 상의를 해도 답은 나오지 않았다. 부부 사이에 깊은 대화를 하면 해결할 수 없는 일이 없다는데, 출산 문제는 대화가 해결해 주지 못했다. 현실적인 감당은 여성의 몸이 해야 하기에, 남편은 내가 원하는 것들을 다 들어주었다. 여성의 몸에만 진행되는 시술을 안타까워 하면서 할 수 있다면 임신도 대신해 주겠노라고. 자신이 해줄 수 있는 최선의 도움과 해결책을 제시했다. 출산을 하더라도 일을 계속하고 싶다는 나에게 남편은 그러라고 했다. 그러면 아이는 누가 키우냐는 질문에는 육아 도우미도 있고 엄마도 있지 않냐고. 자식들을 하나, 둘 결혼시키고 이제야 쉬고 있을 엄마가 대안은 아니길 바랐다. 우리를 키우느라 무릎도 안 좋고 건강이 좋지 않은 엄마의 희생을 요구해야 하니 마음이 불편했다.

갓 난 생명체를 타인의 손에 맡기는 것도 좋은 방법은 아니었다. 남편은 자신이 출산 휴직을 한다고도 했다. 이건 형평상 맞지 않았다. 아이가 태어나면 돈이 많이 필요할 텐데, 맞벌이가 불가하다면 월급이 더 많은 사람이 회사를 다니는 게 옳은, 현명한 선택이었다. 이때 우리 부부는 가장 많이 싸웠다. 내가 일을 하고 싶어 하는 마음을 포기하는 것 말고는 결론이 없는 대화는 늘 언성을 높였고 감정적으로 끝이 났다. 출산 앞에 사회에서 인정받고 싶은 마음은 양보해야 할 욕심일 뿐이었다. 맞벌이 부부에게 출산은 단순히 아이를 원하고 원하지 않고의 문제가 아니었다. 아이를 낳고 나서의 문제, 삶의 현실적 변화에

직면할 문제였다.

그때 나는 깨달았다. 아이를 낳아 가족을 만드는 삶을 원하지 않는 게 아니라, 이렇게까지 많은 변화를 주면서까지, 꿈을 포기하면서까지는 원하지 않는다는 것을. 출산은 대세를 따라 타인을 위해 할 수 있는 선택의 문제가 아니다. 결혼했으니까 당연히 생명체를 생산하고 대를 잇는 건 내 삶을 위한 일도, 더구나 태어날 생명체를 위한 일은 더더욱 아니다. 솔직히 출산을 고민할 때 너무 많은 선입견과 편견이 가득해서 오롯이 나의 주관적인 생각을 할 수가 없었다. '자연스럽게' 와 '당연히' 가 끝없이 나를 괴롭혔다. 결혼한다고 해서 자연스럽게 아이는 생기지 않는다. 어떻게 아이가 자연스럽게 생기나. 그 말에는 얼마나 많은 편견과 선입견이 있나. 결혼하면, 출산하면, 둘째를 낳으면 달라질 삶은 그 어느 누구도 예측 불가하다. 친구들에게 임신 준비 중인데 '잘 안 생기네' 라고 말을 하면 힘들겠다며 다독여 주었다. 나를 위한 말이었을 텐데, 마음을 알면서도 그 다독임도 이상하게 불편했다. 그들의 위로는 어쩐지 나의 생각과 결이 달랐다. 내가 말한 아이가 잘 생기지 않는다는 건, 내 삶이 올바른 방향으로 가고 있나에 대한 고민이었다. 그런데 어디의 애 생기는 한약이 좋대, 삼배 팬티를 입으면 아들이 생긴대. 잠자리 자세가 중요해 같은 말들에 한없는 답답함을 견디면서 임신이 나를 위한 일이 아님을 확신했다. 그런 노력에 기댈 만큼 간절하지도 않았으며 내가 원하는 삶의 모습은 더더욱 아니었다. 남편 역시 같은 생각이었다. 우리에겐 새로운 가족을 만드는 것보다 우리 둘의 삶이 더 중요했다. 결혼한 사람으로서, 결혼 적령기에 결혼해서 출산할 시기인 우리끼리 정리하면 그만인 마음은 아니었지만.

어쨌든 결혼하면 자연스럽게 생긴다는 아이는 아직까지 자연스럽게 생기지 않고 있다. 그리고 우리 부부는 지금의 삶에 지극히 만족하고 우리 방식대로 서로를 사랑하면서 임신과 출산은 삶의 방향이 완전히 바뀔지도 모를 엄청난 별일이라는 걸 더욱 실감하고 있다. 변화는 겨우 잡은 삶의 방향을 틀고, 우리의 평화는 다시 불안해질지도 모를 일이다.

그러함에도 여전히 아이를 절대 낳지 않겠다는 선언 같은 건 없다. 여전히 결혼 중이니 아이가 자연스럽게 생길 수도 있으니까. 사람의 일은 모를 일이니까.

우리가 한 번도 귀 기울여 본 적 없는 나름의 고민들

사회는 빠르게 변하고 사는 게 힘들다는 말이 너무도 당연해서 세상에서 일어나는 사건, 사고를 듣기만 해도 지친다. 그래도 세상이 어떻게 돌아가는지는 알아야 하기에 뉴스를 검색해 보다가 따뜻하고 긍정적인 기사를 골라봐야지, 마음먹어도 읽을만한 기사가 없다. 이럴 땐 정말 도대체 내가 어떤 세상에 살고 있나, 하는 생각에 낮은 한숨이 쉬어진다.

내가 아닌 모든 사람과의 관계를 인간관계라 부르는 세상이다. 혈육으로 이어진 가족도, 사랑으로 이어진 연인도, 우정으로 추억을 쌓는 친구도 모두 인간관계다. 개인의 삶과 행복이 중요해지면서 무엇보다 나 자신과도 잘 지내야 하는데, 챙길 것들이 너무 많으니 사는 게 쉬울 리 없다.

나는 글쓰기 수업과 강연, 커리큘럼을 통해서 다양한 청년들을 만난다. 글을 쓴다는 건 내면의 결을 빗는 일이라 지극히 사적이며 솔직한 자신의 이야기를 해주는 사람들이 많다. 보통 청년들의 고민은 미래에 대한 불안과 사랑, 결혼까지 이어진다. 결혼하고 아이를 낳아 평범하게 살고 싶다고, 어쩌면 '못' 할지도 모르지만 할 수만 있다면 언젠가는 결혼하고 아이 낳고 평범하게 살고 싶다고 말한다. 주변 친구들도 놀라울 만큼 성실하게 살고 있다. 결혼해서 아이를 키우고 있는 친구들을 보고 있노라면 어렸을 적 나를 키우던 엄마와 아빠의 모습이 떠오른다. 아이와 놀아줘야 한다며 퇴근 후에 바로 집으로 가는 가정적인 아빠가, 아이의 미래를 걱정하는 영락없는 엄마가 되어 있다. 오랜만에 만나도 술보다는 집에서 전화 왔을 때 언제든 일어날 수 있는 커피를 마시고, 친구들과 한참 수다를 떨고 있노라면 이제 아이가 걷는다, 자꾸 왜냐고 질문한다, 와이프처럼 잔소리하는 모습이 똑 닮았다는 말을 하고, 나는 그 말을 들으면서 우리 제법 안녕하게 살고 있구나를 확인한다.

사는 건 힘들고 생활비는 너무 많이 들고 회사에 가면 숨이 막혀도, 퇴근 후 취미 생활을 하며 꿈을 찾고, 오늘은 결혼을 포기하고 내일은 다시 결혼을 꿈꾸면서 각자의 방법으로 알뜰살뜰하게 살아가고 있다.

전공에 대한 회의감으로 대학 4학년 1학기 휴학 후, 아르바이트를 하고 있다는 청년을 상담해 준 적이 있다. 창업과 지원금을 알아보면서 자신의 재능과 좋아하는 일을 찾고 있다고. 사람을 대하는 게 재미있어 새로운 사람을 만나는 일이 하고 싶다고 했다. 23세인 그 청년은 언젠가 결혼하고 아이를 낳아서 친구들과 캠핑하는 것이 꿈이라고 말했다. 이십 대 초반 청년의 꿈에 결혼이 있다는 게 신기하다고 생각하고 있었는데, 그 청년은 혹시 자신이 늦은 건 아닌지 걱정하고 있었다. 이십 대 초반의 '늦었다'는 말이 아주 생소했다. 아직 제대로 시작하지도 않은 삶이 늦었다니. 대학교 4학년 때 찾은 삶의 방향이 늦었다는 말로 표현되다니. 글쓰기 수업을 하다 보면 30대도, 40대도, 50대도 늦은 건 아닌지 고민하는 사람들이 많다. 그럼 도대체 빠른 시기는 언제란 말인가. 우리의 삶은 모두 초, 중학교 때 정해져야 한다는 건가. 그땐 부모님의 말씀이 큰 영향력을 미치는데, 그럼 부모님이 정해준 삶만 빠르고 올바른 결정이란 건가. 이렇게 오래 사는 시대에 좋아하는 일은 하나로 부족하다. 그래서 좋아하는 일과 삶의 방향은 취업해도 찾고, 연애해도 찾고, 결혼해도 찾고, 자꾸자꾸 찾아야 한다. 많으면 많을수록 다양하게 즐기면서 살 수 있다. 재미있는 일은 스스로 찾아야 정말로 재미있을 수 있고.

그러면서 문득, 이렇게 멀쩡하게 삶의 속도를 조절하고 다양한 도전을 하며 사회에 나갈 준비를 하고 있는 청년을 사회도 늦었다고 판단해 버리는 건 아닐까, 그 판단에 이 건강한 고민이 힘을 잃지 않을까 염려되어 나는 최선의 정성을 다해 조언해주었다. 머릿속에서 정리된 말 중에 이십 대 초반이 이해할 수 있는 말만 골랐다. 사회에 나왔을 때는 동등하게 평가받기 위해서 졸업장으로 성실함을 증명해야 하고, 돈은 나중에 벌면 되니 당장 들어가는 학비가 아깝다고 생각하지 말라고, 삶의 중요한 결정은 사회의 안전망 안에서 했으면 좋겠다고 당부했다. 중요한 결정은 불안하거나, 기쁘거나, 슬프거나, 쫓기면서 하는 게 아니라고. 사회생활 처음 시작하는 건 당연히 두려우니, 그 두려움을 너무 미워하지 말고, 실수하면 얼른 말씀드리고 고치면 된다고. 그래도 사회초년생만의 이쁨이 있으니 최대한 누리라고 말해주었다. 혹시 실수했을 땐, 잘못했으면 당연히 혼나야지! 하며 잠시 선배처럼 꾸짖었는데, 그는 조용히 고개를 끄덕이며 그건 그렇다고 대답했다. 그 청년은 아무도 이렇게 세세하게 물어본 적, 자신에게 맞는 대답을 해준 사람이 없다고 말하면서 자신을 잊지 말아 달라고 말했고 나는 기억해 주겠다고 했다. 그리고 그 약속을 꼭 지킬 것이다.

누구나 사회로 나가는 순간 두려움을 느낀다. 새로운 일을 하는 데 당연히 겁이 난다. 하지만 그 두려움 안에는 불안함과 묘한 설렘, 기대감과 호기심, 잘하고 싶은 마음과 얼마나 해낼 수 있는지, 나 자신에 대한 궁금증도 포함되어 있다. 불안함이 부정적인 감정인 것 같아도 단순히 나쁘게만 작용하지 않는다. 불안하기에 조심하게 되고 더 알아보게 된다. 스스로 다짐하게 되고 다시 돌아보게 된다. 불안을 감당하는 일 역시 사회생활의 일부이며 스스로 헤쳐 나가야 하는 과정이다.

멀쩡하게 살아가기 위해 기본적으로 깔리는 의식주 외 통신비와 월세, 대출이자와 교통비. 생활에 들어가는 기본값이 너무 많아졌다. 돈과 마음, 생각, 지식 모두. 이미 정해져 있는 나이별로 당연히 해야 할 것들이 너무 많기에, 그중 몇 개는 하지 않아야 내가 하고 싶은 일을 할 수 있다. 성공해서 부자는 못 되더라도 꿈이라도 꿔 볼 수 있다. 배려와 이타심까지 챙기려면 여력이 있어야 하는 데 우선 나부터 살아야 타인에게도 너그러워진다. 나 역시 출산과 육아를 하지 않았기에 글을 쓰고 여행을 다니며 즐긴다는 마음으로 나누는 삶의 기쁨을 느낄 수 있다. 세상 어디에서도 배운 적 없는 나 자신을 사랑하는 일 역시 섬세하고도 시간과 비용, 많은 에너지가 소모되기에 사회가 하라는 걸 다 하면서는 역부족이다.

청년 취업 문제, 저출생 문제, 인구감소 문제 등. 사회는 청년들과 많은 문제점을 연관 짓는다. 나는 청년 문제에 대해 집중적으로 분석하는 뉴스를 보면서 '그래서 청년이 문제라는 말인가?' 하는 의구심이 생겼다. 과정을 들여다보지 않고 결과만 보며 문제점을 말한다고 해결책이 나오나. 칭찬 없이 문제점만 묻고 따지면 최선을 다해 살고있는 많은 청년들이 억울하지 않을까. 자꾸 문제점만 지적하면 청년들이 진짜 문제라 생각하진 않을까, 걱정되었다. 그리고 나는 오해를 풀기 위해 글을 쓴다.

자신의 이야기를 하고 싶은 평범한 청년들을 모았다. 처음 만난 날, "정말 별거 없는데 우리의 이야기를 출간할 수 있어요?"하고 물었다. 그 깜빡이는 눈동자를 보면서 나는 편견과 선입견 없는 시선으로 다정하고 따뜻한 질문을 해줘야겠다고 다짐했다. 별거 없는 이야기, 더하지도 덜하지도 말고, 진솔하게 있는 그대로 살아온 이야기를 쓰자고 했다. 할 수 있다고 말은 했지만 진솔하게, 나도 그때는 몰랐다. 우리의 이야기를 쓴다고 무조건 계약이 되고 출간된다는 보장은 없다. 세상이, 책을 팔아야 하는 출판사가 그리 호락호락하지 않으니까.

결혼을 고민하는 한 청년은, 결혼 앞에 출산과 육아, 자신의 커리어, 배우자의 커리어, 성격과 취향, 가치관과 소비 방식, 이혼, 이혼 후의 삶까지 모두 생각한다고 했다. 결혼할 용기가 있다면 이혼할 용기도 있어야 한다고. 결혼 앞에 청년들의 고민은, 고민의 방향은, 고민의 결은, 밀도와 깊이가 달라졌고 세분화되었다는 뜻이다.

살면서 가끔은 치밀하고 정확한 계산보다 어떻게든 되겠지, 하는 마음 근육이 필요할 때가 있다. 청년들이, 나아가 모든 사람들이 어떻게 되든 결과를 스스로 책임지고, 성실하게 살아가도 된다는 믿음으로 행복 근육을 키울 수 있길 바라본다.

글

대한민국 똑같은 청년 **서 장 미**_ 1991년생

강몽글 육아 유튜브 운영 (@Kang_monggle)
네이버 블로그(뒤죽박죽 블로그)

대한민국 청년 중 하나 **정 태 진**_ 1991년생

LG화학 온산공단 근무
부업으로 웹소설 연재 중

대한민국 그냥 보통 청년 **이 혜 영**_ 1996년생

위드라탄공방 대표 (@with_lattan)
환경, 경제, 체험 활동 강사, 유튜브 편집자

기획

대한민국 작은 작가 **김 현 주**

1년 365일 글쓰고 출간 준비하며
장점을 기똥차게 찾아내는
초긍정 현실주의자 (@jooya466)

에세이 | 괜찮아! 지금도 잘하고 있어
그냥 안아주고 싶은 너에게
좋은 어른을 위한 에세이
소설 | 얇은 불행, 내일의 어제
자기계발서 | 말빨 글빨이 좋아야 사는 게 쉽다

글쓰기 수업, 강연 및 특강, 글쓰기모임W 자문위원
사람책 등록, 울산 MBC 리포터 및 시민기자

“

지금까지

아무도

궁금해하지 않은

우리들의

평범한 이야기

”